# Der Duft von Sonne und Meer
## Liebeserklärung an meine Heimat Zwei

Dorothee Klein

# Dorothee Klein

Dorothee Klein, geb. 1948, hat schon als Kind ihrer Phantasie freien Lauf gelassen und Geschichten erfunden. Lesen und Schreiben gehörten schon immer zu ihrem Leben, so dass die gelernte Buchhändlerin als Redakteurin in einem Verlag arbeitete. Das Schreiben war zuerst einmal ein stilles Hobby, das sie in Kurzgeschichten und Lyrik auslebte. Als Vorsitzende eines Deutsch-Italienischen Kulturvereins begann sie, Vorträge zu schreiben. Sie konzipierte auch eine eigene Clubzeitung. Ihre große Liebe zu ihrer Heimat Zwei, Italien, gibt sie vor allem in ihren Erzählungen Raum, in denen ihre liebevolle Beobachtungsgabe zum Tragen kommt.

Dank der vielen Reisen in den italienischen Stiefel und den vielen Begegnungen, langjährigen Freundschaften und der ihr eigenen positiven Neugier und Abenteuerlust sind unzählige Geschichten und Geschichtchen entstanden. Einen Teil davon hat sie ihrer geliebten zweiten Heimat Apulien gewidmet.

Dorothee Klein lebt mit ihrem Mann in Leverkusen und in Apulien.

# Der Duft von Sonne und Meer

Liebeserklärung an meine Heimat Zwei

Dorothee Klein

**Bibliografische Information der Deutschen Nationalbibliothek:**
Die Deutsche Nationalbibliothek verzeichnet diese Publikation in der Deutschen Nationalbibliografie; detaillierte bibliografische Daten sind im Internet über http://dnb.d-nb.de abrufbar.

© überarbeitete und erweiterte Neuauflage 2024 D. Klein
Fotos: DWK
Fotoauswahl und Bearbeitung: N. Zappe und W. Willers
Lektorat: Wolfgang Willers
Cover: Wolfgang Willers und Nikolaus Zappe

Herstellung und Verlag:
BoD – Books on Demand, Norderstedt
ISBN 9783759720719

Für meinen Mann,

der mir bei all meinen Unternehmungen,
in all meinen Ideen stets nur zugeredet,
nie abgeraten und mich immer
liebevoll unterstützt hat.

Für meinen Vater, dem ich so viel verdanke.
Für meine Mutter, die Apulien so sehr liebte.

**Grazie.**

# Nach Hause fahren!

Nach Hause fahren! Träumen...
Mit geschlossenen Augen im winterkalten nassgrauen Deutschland blaues Meer spüren...
Alles nur in Gedanken.
Wieso nach Hause fahren? Ich bin es doch, in Deutschland, bei meiner Familie. Hier sind meine Wurzeln, meine Vergangenheit, meine Zukunft...
Vielleicht.
Zumindest nicht ganz.
Zu Hause, das sind auch Italien, *la mia bellissima Puglia*, mein Taranto. Seit mehr als 50 Jahren. Ein Stück von mir lebt, auch wenn ich in meinem Zuhause in Deutschland bin, in meinem herrlichen blauen Paradies in Lido Silvana, in meinem Puppenstübchen, wo meine Seele baumeln kann, wo ich Kraft sammle für die kalten Wintertage.
Mehr als 50 Jahre...
Ein halbes Leben, ein Großteil meiner Vergangenheit, meiner Erinnerungen, meiner Gefühle...
In diesen vielen Jahren hat sich so vieles für mich verändert. Ich bin das geworden, was meine italienischen Freunde als *„metà metà"* bezeichnen, eben keine richtige typische Deutsche mehr sondern zumindest zur Hälfte Italienerin. *La Tarantina adottata*, wie sie sagen, ich – die adoptierte Tarentinerin.
Damals, gerade mal süße 15 Jahre alt, stand ich mit wehenden Haaren barfuß auf den scharfen Klippen und schaute in dieses unendliche Blau in dieser eigenartigen Mischung von Meer und Himmel, die ich niemals begreifen werde, und ich verlor mich und meine Seele an dieses Land. So wie ich mich immer wieder verlieren und verlieben werde.

Geändert hat sich viel und gar nichts. Die Wildheit der ersten Jahre wich dem touristischen Aufbau, von mir mehr gehasst als geliebt. Und der fetten Zeit folgt nun wieder die magere, die mir vielleicht die liebere ist, weil ursprünglicher und ehrlicher. Und doch ist alles zugebaut, was einst nur Landschaft war – nicht immer schön, aber natürlich und unverbaut. Heute stehen viele Häuser leer, Bauruinen, Verkommenheit dank fehlenden Geldes oder fehlender Baugenehmigung.

Ich sehe den Schmutz und die oft kindlichen Bemühungen im Kampf dagegen, die in Hilflosigkeit enden, wenn es ums eigene Wohlergehen geht in Sachen Plastik – immer noch unverzichtbar für italienische Verhältnisse. Ich höre die Lautstärke, die sich nicht verändert hat, deren Inhalte der Mode angepasst sind so wie die Kleidung, die Autos und die Frisuren. Und ich habe den Geruch des Feuers in der Nase, das mein Lido Silvana verbrannt, das einen Teil des naturschönen Gebietes zerstört hat, mir aber die Erinnerung an jene Jahre nicht nehmen konnte.

Trauer ist da, auch Tränen...

Aber ich spüre immer noch die Herzlichkeit der Menschen, die nicht nachgelassen hat, bei den Jüngeren manchmal den Geschmack unterschwelligen Misstrauens enthält oder eine Erwartungshaltung, die ich von früher her nicht kenne. Herzlich ist man immer noch, wenn auch vorsichtiger als einst. Doch wer das Herz dieser Menschen erobert hat, hat Freunde fürs Leben gefunden.

Freunde – ach, es sind viele. Jene von einst, die mir erhalten geblieben sind, mit denen ich mein Leben in guten wie in schlechten Zeiten geteilt habe, die mir vertraut sind, mich oft mehr berühren, als es die Familie je könnte, unverzichtbarer Teil meines Lebens...

Und da sind jene, die im Laufe dieser vielen langen schönen Jahre dazukamen, die mir ihr Vertrauen schenkten und denen ich aus tiefstem Herzen vertraue. Es ist ein reiches Leben, ein schönes und unvergessliches, hoffnungsvolles und erwartungsvolles. Es ist greifbare Vergangenheit, erlebte Gegenwart und ersehnte Zukunft. Nein, nach mehr als 50 Jahren bin ich nicht mehr blauäugig und liebend naiv diesem wunderbaren Land und seinen Menschen gegenüber. Ich sehe und erlebe kritisch, was geschieht, aber doch mit der Liebe zu meinem Apulien und seinen Bewohnern, einer Liebe, die sich in all den Jahren entwickelt hat, die Trauerränder trägt, wenn die Geschehnisse nicht himmelhochjauchzend sind.

Nach Hause fahren heißt, in mein persönliches Paradies zurückzukehren und dort zu leben – nicht Urlaub zu machen, sondern mit allen Schwachheiten und Schwächen, Unzulänglichkeiten und Schwierigkeiten des italienischen Alltags mit den Menschen in einem Teil des Stiefels zu leben, der immer noch unglaublich viel von seiner Ursprünglichkeit bewahrt hat.

Und wenn nun die erste Frühlingssonne ihre Strahlen auf meinen Schreibtisch schickt, dann wird die Sehnsucht nach meinem blauen Paradies, nach meinem Apulien ganz besonders groß.

Es ist die Sehnsucht nach den Freunden, dem Meer, dem unnachahmlich blauen Himmel, dem Eintauchen in eine besonders reichhaltige Geschichte, die zu erforschen niemals endet, nach dem Wiedersehen und Wiedererkennen jener Altstadt, meiner *città vecchia* mit ihren Menschen und Palästen, Kirchen und Klöstern, die mich so lange schon fasziniert.

Meine Wintersehnsucht heißt Taranto, Puglia, Paradiso Azzurro...

# *Du bist meine Insel*

Ruhe ist da.
Frieden, den ich lang nicht sah.
Du bist meine Insel.

Alltag ist fort.
Ängste meiden diesen Ort.
Du bist meine Insel.

Träume sind neu.
Stunden, die ich nicht bereu'.
Du bist meine Insel.

Wärme hüllt mich ein.
Möchte einfach bei dir sein.
Sei bitte meine Insel.

Für die beiden Lieben meines Lebens:
Für Dich und für Apulien

# Da unten

...am Ende der Welt – zumindest am Ende Italiens...
Santa Maria di Leuca, am Leuchtturm. Blicke versinken im
unendlichen Blau, Sinne verschmelzen im alles überspan-
nenden Weiß – Himmelsweiß, dem die gleißende Mittags-
sonne jegliche Farbe entzogen hat.

Wind streichelt Haut, leicht und sanft, macht die Kraft
der Septembersonne erträglich, schenkt in dieser ausge-
trockneten Felsenwelt warmes zuversichtliches Leben.

Wellen kräuseln, Schaumkronen tanzen. Und dann blitzt
wie eine Irritation in dieser blauen Welt ein weißes Segel
auf, verschwindet schon bald um die Felsnase in der nächsten Bucht.

Faszination der Farbe, Faszination der Gefühle.

Es sieht fast so aus, als könne man genau erkennen, wo
Adria und Ionisches Meer ineinander fließen, sich vermi-
schen, wie aus zwei Meeren eines wird. Faszination...

Träume...

Ja, mit geschlossenen Augen sehe ich sie, diese imaginäre
Linie, die es nicht gibt, die aber da ist, zumindest in meiner
Phantasie...

Hinter mir, unter mir karges Land, das ich nicht unter
den Füßen spüre angesichts jenes Blaus, das mir Flügel
verleihen könnte. Vielleicht. Gedanken und Gefühle fliegen.
Durch alle Zeiten der Geschichte, durch Vergangenheit und
Gegenwart und in die Zukunft.

In Bruchteilen von Sekunden, nicht länger als ein Wim-
pernschlag dauert, bin ich gestrandete Spartanerin, erobernde Römerin, Begleiterin des großen Federico oder
Pilgerin ins Heilige Land...

Ich fühle mich Goethe so nah, Gregorovius, den ersten
Reisenden, den Musikern, Dichtern, Malern... möchte ma-
len, erspüren...

Plötzlich sind da Stimmen. Touristen. Ein Bus, nein, zwei, drei. Die Menschen stürmen heran, reißen Fotoapparate hoch, knipsen nach rechts und nach links, zeigen ins Nichts. Sensation, wo keine ist. Eben Touristen, herangekarrt an einen besonderen Ort, an einen, den sie auf ihrer Liste abhaken. Gesehen, da gewesen.

„Mutter, mach mal ein Foto!" Er drückt ihr den Apparat in die Hand und stellt sich in Positur, eine Witzfigur in zu weiten, zu kurzen Hosen, über die sich der zu dicke Bauch wölbt. Den Rest mag ich gar nicht ansehen.

Dann rutscht er mit den Sandalen, in denen dunkle Socken einen Teil seiner Stachelbeine bedecken, über den unebenen Boden. Sie schiebt den Hut in den Nacken, hebt den Fotoapparat und drückt ab.

Touristen eben.

Ich kann ihnen nicht meine Augen leihen, nicht meine Gefühle mit ihnen teilen, fühle mich allein in der Menge. Bin ich keine Touristin?

Sie steigen wieder ein, fahren davon, haben aufs Meer geschaut und waren doch blind. Sie haben nichts gesehen, nichts verstanden. Sie waren da, am Ende der Welt, und das können sie mit ihren Fotos beweisen.

Noch einmal versinken meine Blicke in diesem einmaligen und unnachahmlichen Blau. Ich versuche mich zu konzentrieren auf jene unsichtbare Linie, an der die Wasser miteinander und mit dem Himmel verschmelzen. Verspreche, zurückzukehren, mehr zu sehen, zu entdecken, zu spüren...

Und irgendwo dahinten, dort wo Blau und Weiß sich vereinen, wo das Wasser den Himmel zu berühren scheint, so wie ich in meinem Innersten berührt bin, irgendwo dahinter, nicht sichtbar, vielleicht spürbar, da ist Griechenland.

Die Welt endet nicht, die Geschichte schreibt sich selbst fort...

# Sprachprobleme

Sprachhürden und Ausspracheschwierigkeiten können einen in manch fatale Situation bringen. Vor allem dann, wenn man vor Aufregung die einfachsten grammatikalischen Regeln vergisst.

Ich war ja immer davon überzeugt gewesen, dass mir so etwas nicht passieren konnte, dass ich geübt genug war, auch in schwierigen bis emotionellen Momenten einen klaren und kühlen Kopf zu bewahren.

Zumindest hatte ich das geglaubt...

Dass ich so schnell eines anderen belehrt werden sollte, wäre mir im Traum nie eingefallen. Schon gar nicht dann, wenn ich nichts anderes zu tun hatte, als einen Brief zu verlesen und ein paar Hände zu schütteln.

Aber es war eben auch kein normaler Brief. Nach all den Jahren, in denen ich mich um die Freundschaft zu Italien bemüht hatte, durfte ich endlich ganz offiziell das Wappen unserer Stadt mit einem Gruß unseres Oberbürgermeisters in den Ort tragen, in dem ich mich schon so lange zu Hause fühlte.

Es war ein kleiner Festakt während der *Sagra d'Uva,* des Traubenfestes. Unsere Freunde sangen auf der kleinen Bühne in dem so schön mit frischen Trauben dekorierten Pavillon gleich vor dem Schloss. Der Platz davor war schwarz vor Menschen. So viele waren gekommen; schließlich waren wir als *„ospiti d'onore",* als Ehrengäste angekündigt worden.

Da standen wir nun auf dieser Bühne neben dem Bürgermeister in unseren Tanzkostümen aus der Zeit um die Jahrhundertwende von 1800 nach 1900 und blickten in erwartungsvolle Gesichter.

Ein gewisser Stolz erfüllte mich, als ich das Mikrophon nahm. Mein Herz klopfte auf einmal bis in den Hals. Mir wurde plötzlich bewusst, dass ich hier meine Stadt vertrat, mein Land...

Mit klarer Stimme verlas ich den Brief unseres Oberbürgermeisters, nachdem ich das Wappen möglichst würdevoll überreicht hatte. Ich hatte ihn mühevoll übersetzt und mir helfen lassen, damit ich keinen Fehler machte. Meine kleine Rede dazu, die Erklärung, warum wir gerade hier so glücklich waren, war ebenfalls fast fehlerfrei.

Doch das alles war mir auf einmal nicht mehr genug. Ich glaubte, den Menschen, die uns so freundlich empfangen hatten, noch ein ganz persönliches Wort, vielleicht eine Entschuldigung für mein fehlerhaftes Italienisch schuldig zu sein.

Aufregung pur. Also setzte ich in meinem gefühlsduseligen Überschwang hinzu:

*„Scusate i miei sbagli. Ma spero che ci capisciamo lo stesso!*
– Entschuldigt meine Fehler! Ich hoffe, wir verstehen uns dennoch!"

Für einen Moment herrschte Totenstille, dann klang plötzliches Gelächter auf, dem frenetischer Beifall folgte. Unser Freund nahm das Mikro und jubelte hinein: „Leute, jetzt haben wir uns aber alle nass gemacht!"

Ich war empört, wusste nicht, was das sollte. Ob er mir wieder einmal das bisschen Beifall nicht gönnen wollte? Ein Blick auf meine Freundin zeigte mir jedoch, dass da noch etwas anderes geschehen sein musste. Sie saß da wie eine Statue aus purem Eis, ein Gletscher unter fröhlichen Menschen.

Der Bürgermeister bedankte sich artig und forderte uns dann auf, unsere alten Tänze vorzuführen. Die Leute sangen unsere Alt-Berliner Lieder auf Italienisch mit, was witzig klang und uns fast aus dem Takt brachte.

Der Auftritt verging wie im Rausch. Erst als ich später das immer noch eisige Gesicht meiner Freundin sah, plumpste ich unsanft in die Wirklichkeit zurück.

„Wie konntest du so einen Fehler machen?", fragte sie voller Entsetzen. „Das hast du noch nie getan!"

Nun erst erfuhr ich, dass ich statt *ci capiamo* vor Aufregung ganz ordinär und in angehauchtem Dialekt *„ci ca pisciamo"* gesagt hatte, was wohl bedeutete: „Wir bepinkeln uns gemeinsam". Zumindest so ungefähr. Oder war es sogar noch ordinärer?

Nun packte mich ebenfalls das schiere Entsetzen, und ich schämte mich zutiefst. In den nächsten Tagen mochte ich mich nicht im Ort sehen lassen!

Wie gut mein netter kleiner ordinärer Fehler angekommen war, erfuhr ich etwa eine Woche später.

In Tarantos Altstadt feierte man ein Fest mit einer großen Ausstellung. In den Straßen und in vielen der leer stehenden Paläste zeigten Firmen und Organisationen, was die Stadt und das Umland zu bieten hatten. Auch Pulsanos Fremdenverkehrsverein zeigte sich von seiner besten Seite. In einem jener Palazzi hatte man in der ersten Etage in einem Raum einen „Strand" angeschüttet, einen Liegestuhl und einen Sonnenschirm und einen Tisch mit Prospektmaterial aufgestellt.

Unser Bekannter, damals Chef dieses Vereins, hatte Dienst. Wenn er seinen Stand schließen würde, wollten wir gemeinsam Essen gehen. Hunger hatte ich längst. Also fragte ich ihn, wie lange er noch bleiben wollte.

Benito grinste von einem Ohr bis zum anderen und erwiderte sehr laut und betont deutlich: „Un'urina solo!"

Es dauerte nur den Bruchteil einer Sekunde, bis ich begriffen hatte. Das war sie also, die berühmte Retourkutsche! Schallend lachend ließ ich mich in den Liegestuhl fallen und meinte nur: „Va bene!" Mehr brachte ich wirklich nicht heraus.

Was Benito gesagt hatte? Ein Urinchen – ja wirklich, das ist die wörtliche Übersetzung.

Was er gemeint hatte: Un'oretta – ein Stündchen...

# *Italien pur...*

Italien pur – so stellt man sich eben in Deutschland das „richtige" Italien vor: Wäsche, die an den Hauswänden herunterhängt und dem Nachbarn fast das Fenster säubert, Wäsche, die quer über der Straße von Haus zu Haus aufgehängt wurde (manchmal frage ich mich, wie??), Wäsche, die an jedem Wochentag, sogar am heiligen Sonntag den Fleiß und die Sauberkeit der Hausfrauen beweist, ganz gleich, ob im düsteren Innenhof oder an der Straßenfront, an den alten Palazzi oder den modernen Hochhäusern, bei Wind und Wetter und allen Abgasen und über den laut rufenden Straßenhändlern...

Stillleben pur...
Wäre in Deutschland nicht möglich, wo es diese Richtlinien gibt, nach denen die Wäscheleinen auf den Balkonen eine gewisse Höhe nicht überschreiten dürfen, zudem nur für die „kleine" Wäsche erlaubt sind, wo an der Straßenfront bitte gar nichts zu hängen hat, es gibt schließlich Trockenkeller, und wo der Sonntag, bitte sehr, noch ein wäschefreier zu sein hat. Na, und die Händler hatten bitte leise zu sein!
Schade, das italienische Stillleben, diese Selbstverständlichkeit, diese besondere Leichtigkeit des Seins gefällt mir besser.
Und dann Fassungslosigkeit, wenn eben diese Wäsche vom Betttuch bis zur langen Unterhose über den engen staubigen und viel befahrenen Gassen im Wind flattert, wenn gleich nebenan ein Palazzo restauriert wird und Steine Staub aufwirbeln...

Stillleben – Lebensstil...
Lebensstil?

Ja, Lebensstil, von dem wir in unseren Breiten mit den Zwangsjacken des modernen Lebens und den so gestrengen Vorschriften aller Art so viel verloren haben...

Bei uns schaut jeder zu sehr auf den anderen, besteht man zu sehr auf seinem vermeintlich gesetzlich abgesicherten Recht, vergisst man zu schnell, dass man vielleicht auch mal auf den Nachbarn angewiesen ist. Neid und Unzufriedenheit steht dem leichteren und glücklicheren Leben mit aller Macht entgegen.

Wer bei uns ein Fest feiert, der denkt eher ans Geld, an die Größe des Geschenkes, an die teure Einladung und daran, dass man auf gar keinen Fall jemanden vergessen darf und dass man zeigen muss, wer man ist. Zwangsjacken... Die gefühlsmäßige Wichtigkeit von Gemeinsamkeit mit Familie und Freunden ist bei uns kühler Selbstdarstellung gewichen. Oder feiern Sie noch St. Joseph am 19. März als Tag des Mannes? Muttertag, Vatertag, Tag der Frau, Ferragosto, also am 15. August Maria Himmelfahrt, den Ostermontag mit Freunden, Valentinstag, das Pfingstfest als Familienfest, Santa Lucia, San Lorenzo...?

Es gibt noch mindestens eine ganze Handvoll an Festen und Gedenktagen, die man in harmloser Fröhlichkeit miteinander begehen kann.

Zu einer Einladung zu einem dieser Feste bringt man nicht unbedingt einen Blumenstrauß mit. Nein, hier im Süden ist das Gemeinschaftsgefühl, das gemeinsame Erleben viel wichtiger. Ein Beitrag zum Büffet aus der eigenen Küche wird begeistert begrüßt und trägt zum Gelingen des Festes bei.

Ich weiß, dass das auch bei uns ab und an geschieht, vielleicht sogar wieder öfter. Leider fehlt uns noch jene Leichtigkeit, die ich hier im Süden so selbstverständlich erlebe.

Ja, auch hier zeigt man, wer man ist, möchte keine „brutta figura", keine schlechte Figur machen, was oft genug in munterer Übertreibung endet, aber eben nicht in jener Verbissenheit, die ich bei uns so oft beobachte.

Wie fröhlich, locker und leicht, wie herzlich und freundschaftlich solche Feste sind, durfte ich immer wieder erfahren.

Da störte nicht mal ein Regentag im August, selbst wenn man auf dem Land im Freien feiern wollte. Gastgeber und Gäste schwangen die Besen, um die spätere Tanzfläche trocken zu legen. Dann wurden Tische und Stühle aufgestellt, Tischdecken in sommerbunten Farben aufgelegt, die kleine, aber starke Musikanlage angeschlossen und Teller, Servietten und Bestecke herausgeholt. Im nächsten Moment erklang schon die typische Tanzmusik, *„liscio"*, Mazurka, Musette-Walzer, Polka oder gar Tango nach dem Wiener Walzer. Und bis alle Gäste da waren, wurde schon mal getanzt und erzählt und gelacht.

Jeder stellte etwas aufs Büffet, und als es endlich ans Essen ging, musste ich versprechen, wirklich von allem zu probieren und jeder Köchin zu sagen, wie gut es mir geschmeckt hat. Ach, es war alles viel zu lecker! Auch meine Mitbringsel stießen auf großen Zuspruch, und ich musste meine Rezepte verraten. Dafür erfuhr ich Neues aus der italienischen Küche.

*„La bella figura"*, die gute Figur, die alle Köchinnen des Abends machten, wurde mit einem *„brindisi"*, einem Trinkspruch der Männer bedacht. Himmel waren alle stolz – die Ehefrauen wie die Ehemänner! Niemand fühlte sich ausgeschlossen, übergangen oder besser als der andere.

Die ersten Sternschnuppen am nicht ganz wolkenfreien Nachthimmel belohnten uns für alle Mühen. Lassen sie Wünsche wahr werden? Meine Freunde versprachen es mir in aller Ernsthaftigkeit. Schließlich feierten wir San Lorenzo...

Ach, wie sehr wünsche ich mir, diese Lebensfreude mitnehmen zu können, sie zu konservieren, daheim an all meine Freunde zu verschenken – dieses pure lebensvolle und lebensfrohe Italien mit seiner Leichtigkeit des Seins trotz aller Probleme...

Vielleicht sollten wir es mal versuchen...

# Scirocco al Campeggio und viele Helfer

Die Italiener sind ja begnadete Improvisateure. Ich habe noch niemanden erlebt, der sich auf so schnelle, geschickte und einfache Weise behelfen oder etwas reparieren kann. Und ehrlich gesagt, ich bewundere diese Kunst unserer Freunde im Süden bis heute!

Postkarte von 1964

Als bei einem Sturm im Jahr 1967 unser Vorzelt vom Wohnwagen weggerissen und ein Großteil unserer Sachen, die darin standen, über den Campingplatz und den Strand bis in den Pinienwald hinein verstreut wurden, hatten unsere italienischen Mit-Camper innerhalb kürzester Frist die Hilfe für uns organisiert und mit allerlei

22

kleinen Tricks das Zelt und das verbogene Gestänge repariert. Wir mussten unseren Urlaub nicht abbrechen. Fleißig sammelte man unsere Habseligkeiten ein, und unsere Nachbarn kochten für alle Helfer und natürlich auch für uns Betroffene ein Pranzo – ein Mittagessen, das es in sich hatte.

Die Reste unserer verflogenen Habseligkeiten lieferte man bei uns bis zu unserer Abfahrt fast täglich ab. Irgendetwas fand man immer noch! –

Nun ja, unter Campern mag solche Hilfe normal sein. Doch die Art und Weise, wie die italienischen Camper in den Jahren 64 bis 67 die Campingplätze bevölkerten, war es sicher nicht: Sie reisten an mit einem großen Hauszelt, einem Küchenzelt, das den 4-flammigen Gasherd und den Kühlschrank beinhaltete, und einem kleinen Zelt, das als „Cantina", als Vorratsraum herhalten musste. Natürlich hatte auch das Kindermädchen seinen Platz im Schlaftrakt der Kinder. Und als die Fernseher üblich wurden, kamen diese auch mit auf den Platz. Schließlich wollte man im Urlaub nicht auf den häuslichen Komfort verzichten.

Für uns war diese Art des Campens schon sehr ausgefallen, hatten wir doch nur das allernötigste eingepackt. Es war ein Einfach-Urlaub und unser ganzer Stolz. Die italienische Komfort-Leidenschaft machte uns zuerst schier sprachlos und trug dann zu unserer Belustigung, in die sich natürlich auch eine gewisse Bewunderung mischte, bei. –

Als meine Mutter einen Arzt benötigte, rief ein Campingnachbar einen „sehr guten Doktor" aus Carosino, einem kleinen Ort, der etwa eine halbe Stunde von unserem Campingplatz in Lido Silvana entfernt ist. Er kam sofort, untersuchte Mutti sorgfältig – im Zelt natürlich – und schnitt ihr das lästige schmerzende Furunkel auf, verband es – und legte sich anschließend in der Badehose in den

Sand unter die Pinien. Die Nadeln schienen ihn nicht zu stören. Vor seiner Heimkehr sprang er ins Meer und fand es wunderbar.

Es war für ihn selbstverständlich, dass er sich täglich um Muttis Wunde kümmerte. Anschließend legte er sich in den Sand, sprang ins Meer und fuhr wieder heim. Das geschah eine Woche lang. Bezahlt werden wollte er nicht für seine Leistung, er hatte den Aufenthalt als Urlaub angesehen. Stattdessen hatte er meine Eltern zum Abendessen nach Carosino eingeladen und schenkte ihnen einen Kanister Wein und ein hübsches Gemälde, das seine Frau gemalt hatte. Unvergesslich. –

Am meisten aber staunte ich, als unser Freund Ciro, der Professore, mit seiner Frau Paola im kleinen alten Fiat vorfuhr. Paola saß diesmal hinter ihm und nicht auf dem Beifahrersitz. Dafür hatte sie einen Strick in der Hand, einen „Kälberstrick", wie mein Vater behauptete. Damit hielt sie während der Fahrt die Fahrertür zu, die sich leider nicht mehr normal schließen ließ. Doch das störte niemanden. Paola hatte mit ihrem Strick alles im Griff! –

Der Bordcomputer unseres neuen Autos versagte einmal auf gemeinste Weise: Der Wagen blieb stehen, weil kein Tropfen Benzin im Tank war, obwohl noch mehr als genug darin hätte sein müssen. Meine sportliche bessere Hälfte machte sich auf die Wanderschaft zu unserem Hotel. Paolo, der Hotelchef, war sehr hilfsbereit und machte sich mit seinem Oberkellner auf einem ziemlich altbackenen Mofa mit einem noch älteren Kanister im Arm auf den Weg zur nächsten Tankstelle. Nach etwa einer halben Stunde kamen die beiden bei unserem liegen gebliebenen Auto an.

Doch nun fehlte ein Trichter! Wie sollte das Benzin aus dem ehemaligen Weinkanister in den Tank kommen?

„Hast du eine Wasserflasche?", fragte Paolo und zückte ein Taschenmesser. Unser letzter Tropfen Trinkwasser kam einem jungen Olivenbaum zugute. Paolo schnitt die Flasche in zwei Teile und benutzte den oberen Teil als Trichter. Und unser Auto fuhr wieder! –

Oder wie wird aus einem Stück Gurke ein Trinkbecher und aus wildem Fenchel der dazugehörige Trinkhalm? Wie wird aus einem Gartenweg eine Theaterbühne? Oder wie schaffen es unsere Freunde immer wieder, noch ein paar unerwartete Gäste mehr mit einem leckeren Drei-Gang-Menü zu bewirten?

Es gibt noch viel, was wir von unseren italienischen Freunden lernen können!

# *Ich sah...*

Ich sah das Meer –
und schien wie in einem Traum


Ich sah das Land –
und befand mich in einem Paradies


Ich sah die Menschen –
und fühlte mich bei ihnen zu Hause

# *Ti amo Italia...*

Ja, ich liebe dieses Land, dieses wunderschöne, verrückte, so arme und reiche, dieses verkommene und immer wieder neu zu erobernde, dieses geschichtsträchtige, herzliche, herbe, hässliche, traumhafte und trotz aller positiven wie negativen Veränderungen paradiesische Land. *La culla della nostra cultura* – die Wiege unserer Kultur. Oft vergessen oder übersehen...

In seiner kompliziert unkomplizierten Lebensart kommt es mir und meiner Einstellung entgegen.

In mehr als 50 Jahren habe ich das Land geliebt und gehasst, ersehnt und verflucht – und am Ende immer wieder mein Herz neu für „mein" Italien entdeckt.

Das ist gar nicht so verwunderlich. Ich liebe ja schließlich auch mein Heimatland Deutschland trotz aller Probleme, aller Belastungen und Veränderungen, die mir auch nicht immer gefallen.

Wenn man einen Menschen liebt, liebt man ihn so, wie er ist. Mit seinen positiven und negativen Seiten. Nicht, dass man sie übersieht oder hinnimmt. Man leidet mit ihnen und an ihnen, weil man sie nicht immer ändern kann, selbst wenn man noch so gern will.

So lebe ich mit meinen beiden wunderbaren Heimatländern, dem gewachsenen und dem erwählten, beide gleichermaßen schön wie schwierig.

Es gibt Zeiten, da ist es einfacher zu lieben. Und es gibt Zeiten, da ist es schwieriger, mit dieser Liebe umzugehen.

Aber Gefühle sind etwas Lebendiges, ein Stück Leben, ein Teil von mir, meiner Seele, meinem Leben. So wie unser Leben ein veränderliches ist, so sind es auch unsere Empfindungen. Und so wie der Boden unter meinen Füßen mir Sicherheit gibt, so gibt auch jenes Grundgefühl mir Halt, wenn meine Liebe zu meinem Stiefelland gebeutelt wird von den Veränderungen dieser Zeit.

Ja, meine Gefühle sind veränderlich und standhaft zugleich. Sie gehören dem Land, der Landschaft und den Menschen, der Kultur und der Geschichte, der Kunst, dem Leben und den Erinnerungen. Sie sind ein Stückchen Sicherheit in der Unsicherheit turbulenter Zeit.

Nein, ich übersehe keines der vielen Probleme – weder hier noch da. Und ich tue, was ich kann – im Rahmen meiner Möglichkeiten: hier als angeborene Verpflichtung und in der gehörigen Treue und Liebe zu meiner Heimat Eins, dort, in meiner Heimat Zwei, als selbstverständliche Pflicht eines Gastes, der sich unter seinen Gastgebern zu Hause fühlt, aus Dankbarkeit für Freundschaft, Gastfreundschaft, Zugehörigkeitsgefühl und all die Emotionen, die dieses verrückte geliebte Land immer wieder in mir weckt.

Für dieses geschenkte Heimatgefühl bin ich dankbar.

*Ti amo Italia* – immer noch...

# Dr. Maggi – ein echter Arzt...

Es gibt Erinnerungen, die einen lächeln lassen, Erinnerungen, die man gern bewahrt und die einen begleiten wie ein besonderes Licht.

Unvergesslich ist mir der letzte Besuch mit meiner Mama in Martina Franca. Der Ort liegt in Apulien und hat eine besonders schöne Altstadt im Lecceser Barock.

Wir hatten in unserem Lieblingsristorante zu Abend gegessen – lang, ausgiebig und unendlich lecker. Dass wir anschließend einen kleinen Verdauungsspaziergang machen mussten, war verständlich.

Und das taten wir ja auch gern!

Es gab so viele ansprechende Geschäfte in Martina Franca, und die barocken Laternen, Häuser, Türen und die mit Blumen geschmückten Balkone machten den Ort noch einladender und schenkten ihm eine fast schon geheimnisvolle Atmosphäre. Die engen autofreien Gassen der Altstadt verführten geradezu zu einem ausgiebigen Spaziergang.

Uns trieb die Neugier in jene Ecken, die wir noch nicht kannten.

Schaufensterbummel mit meiner Mama waren immer etwas Besonderes. Es gab wohl kein Geschäft, vor dem wir nicht stehen blieben und die Auslagen kommentierten, mal mit Ironie, mal mit Begehrlichkeit, meist aber mit fröhlichem Gelächter.

Irgendwann drückte uns beide ein ernsthaftes Bedürfnis. Aber leider gab es damals noch nicht in jeder Bar eine Toilette. Die Vorschrift kam für uns leider ein paar Jahre zu spät.

Also hüpfte ich vor einem Schaufenster – einem Handarbeitsgeschäft mit unglaublich schönen Wollknäueln – von einem Bein aufs andere. Ich konnte mich so schnell nicht von dem Angebot trennen, obwohl der Laden geschlossen war.

Meine Mama bedrängte mich – ebenfalls nett hüpfend –, endlich zum Auto zu gehen. Aber ich hüpfte weiter vor mich hin, weil es doch so interessant war.

„Guck mal", sagte meine Mama plötzlich und gluckste los. „Da wohnt der Dr. Maggi!"

Ich drehte mich um und starrte auf das Arztschild, das an dem verschnörkelten Eisengitter des Palazzos gegenüber hing.

„Und der ist auch noch Urologe!!!", fügte Mutti hinzu.

Tatsächlich: *„Dr. Giacomo Maggi, Urologia"*, stand auf dem Metallschild, das schon bessere Zeiten gesehen hatte.

Wir lachten laut los und führten einen Veitstanz auf, der schon fast an die berühmte Pizzica erinnerte. Dass uns niemand zuschaute, hatten wir nur der Tatsache zu verdanken, dass es bereits ein Uhr in der Nacht war!

Dass wir halbwegs trocken in unser Hotel kamen, glich schier einem Wunder!

Der Dottore schrieb sich wie unser Fläschchen „Maggi", ausgesprochen wird der Name aber „Madschi".

Bis heute ist bei mir jeder Griff zur Maggi– eh, Madschiflasche mit einem Lacher verbunden.

Und wenn wir in Martina Franca sind, ist mir meine Mama ganz besonders nah, und mir ist, als hörte ich sie lachen. Besonders dann, wenn ich vor dem besagten Haus stehe.

Das Praxisschild ist längst abmontiert. Da steht jetzt „*Palazzo Maggi*". Vielleicht amüsiert sich der *Dottore* mit meiner Mama auf einer Wolke und erfreut sich daran, dass sein Haus mir so viel Erinnerung schenkt.

Übrigens wollte ich nach unserer Heimkehr ein bisschen mehr über unseren „Madschi" wissen. Das Internet verriet mir, dass die Familie seines Erfinders aus der Lombardei stammt...

# Ficchidindia – Kaktusfeigen

*Ficchidindia* – Kaktusfeigen... Woher sollte ich wissen, was für eine besondere Spezialität, welch unendlicher Genuss sich in dieser stacheligen Frucht verbirgt...
Als ich zum ersten Mal eine von den süßen roten und gelben Früchten aß, war ich begeistert. Nein, ich könnte den Geschmack nicht beschreiben; es sei denn, das Wort „paradiesisch" wollte man dafür gelten lassen.
Schnell lernte ich, dass man die Früchte überall pflücken kann. Sie wachsen quasi am Straßenrand und zwar so zahlreich, dass sie gar nicht alle geerntet werden.
Das Ernten ist dann allerdings so eine Sache. Die Früchte sind so stachelig, dass man sie nicht einfach anfassen kann. Handschuhe allein helfen leider nicht. Die kleinen scheinbar zarten Stacheln dringen durch fast jedes Gewebe hindurch. Und da man sie kaum sieht, sind sie auch schwer aus den Fingern zu entfernen. Am schlimmsten sind die Stacheln, die lose auf den Kakteen liegen und die der Wind zu gern dahin bläst, wo man sie gewiss nicht haben möchte.

Was also tun?
Unser Freund und Gärtner Fulvio zeigte uns, wie man möglichst beschwerdefrei die Kaktusfeigen vom Kaktus bis in den Kühlschrank bekommt.
Zwei Plastiktrinkbecher werden ineinander gesteckt und dann über die Frucht geschoben. Eine rasche Drehung trennt das gute Stück vom stacheligen Kaktus und kann in eine Tüte oder – noch besser – in eine Plastikschüssel gekippt werden.
Anschließend werden die Früchte gründlich gewässert und mit dem Handfeger im Wasser abgebürstet. Auf diese Weise lösen sich die losen Flugstacheln und lassen sich mit

dem Wasser abkippen. Man sollte lieber einmal mehr das Wasser wechseln.

Im letzten kalten Wasserbad bleiben unsere stacheligen Freunde eine gute halbe Stunde liegen, damit die „*spini*", die Stacheln, weich werden.

Jetzt kann nicht mehr viel passieren. Man spießt eine Frucht auf eine Gabel, schneidet rechts und links die Enden ab. Über die Längsseite schlitzt man die Stachelschale ein, klappt sie mit dem Messer auf und hat dann die saubere leckere Frucht auf der Gabel.

Gut gekühlt schmecken die *ficchidindia* am besten. Es gibt eine ganze Reihe herrlicher Rezepte, die die Kaktusfeigen noch edler werden lassen. Auch Likör kann man daraus machen – eisgekühlt ein Gedicht.

Das Rezept? Natürlich, wie üblich...

„Man nehme die Schale von fünf Früchten..."

Halt, nein, das geht diesmal nicht! Sollen denn die Stacheln Hals und Magen massieren?

Für diesen Likör sticht man die geputzten Früchte mit der Gabel an und legt sie wenigstens zehn Tage in Alkohol. Danach werden sie gut ausgedrückt, der Sud gefiltert und mit einer entsprechenden Menge von Zuckersirup und weiterem Alkohol gemischt. Den Likör noch einmal ein paar Tage ruhen lassen, ehe man ihn genießen kann.

Dass wir uns zu Spezialisten in Sachen *ficchidindia* entwickelten, war klar. Wir konnten gar nicht genug davon bekommen und überlegten, ob und wie wir ein paar Früchte mit nach Deutschland nehmen konnten.

Als unser Urlaub zu Ende ging, stand unser Entschluss fest: Die Dinger mussten mit! Wir nutzten unsere „Abschiedstour" zu unseren Freunden, um unterwegs mal hier und mal da ein paar der wildwachsenden *ficchidindia* am Straßenrand fröhlich zu entwenden. Da nicht nur unsere Herzen sondern auch der Himmel Abschiedstränen vergoss, wurde unsere Schüssel nicht voll.

Mehr lachend als verärgert erzählten wir unseren Freunden von unserer missratenen Ernte.

„Macht nix", meinte Mario. „Kommt mal mit, ich weiß, wo ihr kiloweise klauen könnt!"

Wir quetschten uns samt unserem „Werkzeug" – Schüssel und Plastikbecher – in seinen kleinen altersschwachen Fiat und warteten gespannt ab.

Die Fahrt führte uns in die *Campagna*, aufs Land, hindurch zwischen Weingärten, Olivenhainen, Tomaten- und Melonenfeldern. Wir bestaunten die riesigen Wassermelonen und bewunderten die goldgelben Trauben, die einfach zum Anbeißen reizten. Vor allem aber erfreuten wir uns an den herrlichen Farben Apuliens, Farben, die man um diese Zeit kaum noch erwartete, waren doch die meisten Felder und Straßenränder matt und verbrannt.

Nur Kaktusfeigen entdeckten wir auf dieser Fahrt selten, und die, die wir entdeckten, hatten Besitzer: sie waren eingezäunt.

Mario fuhr zwischen zwei Häusern, die offensichtlich zu einem Bauernhof gehörten, hindurch und lenkte den alten Fiat über ein holpriges, ziemlich naturbelassenes Feld hinter den Häusern. Vor einer riesigen, mehr als haushohen Kaktuswand, an der auch noch eine Leiter lehnte, kam das Auto zum Stehen.

„Na, reichen die aus?", fragte Mario, stieg aus, nahm einen alten Eimer aus dem Kofferraum und begann mit der Ernte. „Hier könnt ihr klauen, so viel ihr wollt!"

Uns kam das Ganze recht unwirklich vor. Das war doch sicher kein Wildwuchs. Die Kakteen gehörten jemandem, und wir hatten nicht einmal höflich gefragt, ob wir ernten durften. Peinlich, wenn wir erwischt wurden...

Mario schien das nicht zu stören. „Du kannst ruhig die Leiter nehmen, Wolfgang", meinte er. „Mich findet ihr vor dem Haus links. Ich will noch Eier kaufen!"

Damit verschwand er und ließ uns allein zurück mit einer ganzen Horde Hunde, die uns neugierig beobachteten.

Wolfgang erntete voller Begeisterung, suchte die schönsten Früchte aus, während ich versuchte, meine Angst vor der neugierigen Hundemeute in den Griff zu bekommen. Ganz langsam ging ich rückwärts auf den kleinen Fiat zu.

„Ich suche mal nach Mario. Meinst du nicht, wir haben schon genug von den Dingern?"

„Erst wenn der Eimer voll ist", erwiderte Wolfgang. „So einfach hatte ich es noch nie beim Pflücken!"

„Ja, und du bist gleich von Kopf bis Fuß voller Stacheln!", hielt ich ihm vor. Aber mein Mann ließ sich nicht stören.

Also ging ich in gebührendem Abstand um die Hundehorde herum und flüchtete Richtung Bauernhaus.

Dort wurde ich allerdings schon erwartet. Mario saß gemütlich bei einem älteren Paar und lachte mir fröhlich entgegen.

„*Caffè, Signora*", sagte die alte Dame und hielt mir ein Tässchen entgegen.

„Das sind die Eltern von unserem Bürgermeister", stellte Mario mir die beiden vor, während die Signora ihren Enkel zu meinem Mann schickte. Sie machte sich Sorgen, er könnte in die Kaktuswand gefallen sein.

Ich saß erstarrt da. Da hatte uns Mario zum Klauen in den Garten des Bürgermeisters und seiner Eltern geschickt!

Ein Jahr später durfte ich dem Herrn Bürgermeister einen Gruß unseres Herrn Oberbürgermeisters und unser Stadtwappen überreichen, natürlich vor der versammelten Bürgerschaft. Das war schon ein sehr erhebendes Gefühl. Die Bühne stand vor dem Schloss, an dem die Fahnen – die örtliche, die italienische und die europäische – gehisst waren. Der große Platz und die Straße bis zur Kathedrale war schwarz vor Menschen, und ich war sehr stolz und sehr gerührt, vor allem als ich erfuhr, dass einige dieser freundlichen Leute Deutsch sprachen und ausgerechnet in unserer Stadt Verwandte hatten. Tatsächlich hatten wir diese Familie kürzlich erst kennengelernt!

Anschließend zeigten wir unsere Tanzshow – alte Tänze aus der Zeit der Jahrhundertwende. Die Zuschauer kannten – wie auch die in Pulsano – unsere Alt-Berliner Lieder und sangen sie auf Italienisch mit, was sehr irritierend klang, so dass wir lachend mit dem Takt kämpften.

Zum Schluss holten wir uns wie schon so oft Partner aus dem Publikum. Natürlich baten wir das reizende Bürgermeisterpaar, das den Spaß gern mitmachte, zum Tanz.

Ich tanzte mit dem Bürgermeister, einem der jüngsten Italiens und zudem parteilos. Er bemühte sich um ein nettes Gespräch.

„Sagen Sie, wann kommen Sie wieder bei meinen Eltern vorbei zum ‚Klauen' der *ficchidindia*?", fragte er mit der größten Selbstverständlichkeit. „Meine Eltern erwarten Sie..."

In diesem Moment wünschte ich mir das passende Loch im Erdboden, fand es nicht und stotterte einen Gruß an das nette Ehepaar, das so viel Verständnis für uns hatte...

Übrigens, die Kaktusfrüchte aus dem bürgermeisterlichen Garten hatten bis Weihnachten gehalten und schmeckten besser als alle anderen...

# La Storia dell'Acqua - oder:
# Wo kommt das Wasser her?

Mit dem Wasser ist das so eine Sache in Apulien. In den Städten fließt es aus dem Kranen, so wie wir es gewöhnt sind. Aber in den Sommerhäusern am Meer ist das nicht immer der Fall. Da wird das Wasser oft zum Luxus und die Beschaffung zum Abenteuer.

Wissen sollte man, dass es in diesen Fällen zwei Sorten Wasser gibt, das Trinkwasser – *l'acqua potabile* – und das Brauchwasser – *l'acqua non potabile*.

In den Jahren, in denen wir unser eigenes Häuschen bewohnten, hatten wir eine Zisterne mit Brauchwasser, also zum Duschen, Waschen, Spülen, Putzen und für die Toilette. Das Trinkwasser holten wir in einem großen Kanister vom Brunnen im Ort.

Diese Wassergeschichte erlebten wir im Haus unserer Freunde am Meer. Auch hier war die Zisterne, wie so oft, ganz hinten im Garten angelegt. Jahrelang hatte es deshalb nie Ärger gegeben. Aber in Zeiten gestiegener Kosten und all überall spürbaren Krisen weigerten sich die Anlieferer, längere Rohre mitzubringen, die eines größeren Kraftaufwandes bedurften und anschließend auch noch gereinigt werden mussten. Entweder es war eine einfache Lieferung oder die Kosten stiegen um mindestens das Doppelte.

Bertos Zisterne, eine spezielle für Trinkwasser, im hinteren Teil des Gartens barg noch eine zusätzliche Schwierigkeit: Es handelte sich um einen richtig großen Wassertank auf Stahlfüßen. Das bedeutete, dass das Wasser eine Steigung überwinden musste.

Gärtner Mimmo war am Morgen gekommen und bereitete uns auf das dramatische Geschehen vor, das uns wassertechnisch erwartete. Um Berto Geld zu ersparen, legte er schon Schläuche aus – auf die Mauer, die zwar Bertos Grundstück von dem des Nachbarn trennte, die aber dem Nachbarn gehörte.

„Gut, dass die nicht da sind", meinte Mimmo verschwörerisch. „Die machen sonst Krach!"

„Warum sollten sie?", versetzte ich verständnislos. „Das Haus steht doch zum Verkauf. Die kommen sowieso nicht her."

„Kannst du kaufen", schlug Mimmo vor, aber ich wehrte lachend ab.

Der Gärtner, ein sehr netter, aber anstrengender, temperamentvoller Mensch, befestigte die Schläuche auf der Mauer und klemmte den nächsten an, der auf die Garage führte. Ein weiterer Schlauch endete endlich in dem Wassertank.

Der Wasserwagen fuhr vor. Ein freundlicher junger Mann schloss nun seine Schläuche an den ersten auf der Mauer an und schaltete die Pumpe ein.

Da geschah es.

Es gab einen unangenehmen Ton, und der erste Schlauch platzte. Das wertvolle Trinkwasser schoss in einer Fontäne heraus und ergoss sich über die Straße. Der Wasserfahrer und Mimmo waren klatschnass.

Das Pümpchen war für Erdzisternen gedacht und hatte nicht die Kraft, das Wasser erst einmal steigen und dann in den Tank laufen zu lassen!

Was nun?

Der Fahrer hatte geistesgegenwärtig die Pumpe abgestellt und bat darum, ins Depot gefahren zu werden, damit er Ersatz holen konnte.

Selbstverständlich fuhr mein Mann mit dem nassen Kerl den neuen Schlauch holen, den er dann mit wenigen Handgriffen anschloss. Er stellte den Motor anders ein, so dass er mit mehr Kraft pumpte...

...und alles hätte jetzt so schön sein können, wenn... ja,
wenn nicht das Schicksal eigene Wege gehen wollte...

Der riesige Tank hatte zwar eine Anzeige, an der man
ablesen konnte, wie voll er war. Dennoch kletterte Serafino, Mimmos Sohn, oben drauf, um zu kontrollieren.

„Hast Zeit", meinte sein Vater, und wies auf die Anzeige.

Da war noch eine Menge Platz im Tank. Dachten alle.

Doch die Anzeige war irgendwie defekt, vielleicht noch
im Winterschlaf oder so...

Serafino beugte sich gerade über das Einfüll-Loch, als
eine riesige, harte Wasserfontäne ihn beinahe mit Schwung
vom Tank schwemmte. Das herrliche Trinkwasser wäs-
serte den Garten und machte dem Lieferanten Beine. Alle
schrien durcheinander, rannten, als gälte es, ihr Leben zu

verteidigen. Bis der nette junge Wasserfahrer die Pumpe wieder abgestellt hatte.

„*Fatto*", sagte er, „fertig", und zeigte eine überaus zufriedene Miene.

Mimmo wollte es nicht glauben. Kontrolle war angesagt. Aber es blieb dabei, der Tank war voll. Er hatte nicht die ganze Ladung gefasst. Ein Rest blieb im Wasserwagen. Nun wurden die Schläuche abgeklemmt und eingerollt. Die auf der Mauer blieben liegen bis zum nächsten Mal. Allerdings mussten sie geleert werden, so dass auch der Rest des Gartens klatschnass war.

Als ich nach dem Wasserdrama endlich in der Hollywoodschaukel lag, überlegte ich, ob es nicht besser gewesen wäre, das kostbare Wasser aus den Schläuchen in Eimern, Wannen und Wännchen aufzufangen... Vielleicht als Spülwasser oder zum Füßewaschen...

Inzwischen war kaum noch ein Pfützchen zu sehen.

Und, hatte ich nicht Urlaub?

# Mozzarella – chilo per chilo

Mozzarella ist schon ein ganz besonderer Käse.
1964 habe ich ihn zum ersten Mal gegessen. Na, und das war schon ein kleines Wunder, weil ich immer schon sehr vorsichtig war bei so komischen neuen Sachen. Hätte ja sein können, dass ich das Zeug nicht mag.

Aber ich mochte ihn – am liebsten auf der Pizza. Seither ist mir die Pizza in Deutschland verleidet. Diesen feinen und unbeschreiblichen Geschmack findet man bei uns einfach nie!

Im Jahr darauf, also 1965, konnten wir es kaum erwarten, endlich nach Apulien zu kommen. Und es war meine Mutter, die bei der ersten Gelegenheit gleich ein ganzes Kilo dieser Köstlichkeit kaufte.

Wir standen an einem Bahnübergang in Gioia del Colle, einem kleinen puglieser Ort, der für seinen Mozzarella-Käse bekannt ist. Die Schranke war geschlossen. Zum Entsetzen meines Vaters stieg meine Mama aus und suchte das nächste *caseificio* – die Käserei – auf. Nach recht kurzer Zeit kehrte sie mit strahlender Miene zurück und hielt uns einen Beutel entgegen.

„Mozzarella", sagte sie triumphierend. „Ein ganzes Kilo!"

Da die Schranke sich immer noch nicht öffnete, begann sie, an einem der typischen Mozzarella-Stücken, die aussehen wie große Bonbons, zu knabbern. Eins nach dem anderen verschwand in ihrem Magen, sie konnte gar nicht aufhören zu essen. Die gut gemeinten Warnungen meines Vaters schlug sie in den Wind.

Als die Schranke endlich den Weg zur Weiterfahrt freigab, war von dem Kilo Käse nicht mehr viel übrig.

Und meiner Mama war es todschlecht.

Ich habe sehr lange keinen frischen Mozzarella essen können.

Was sich zum Glück aber wieder änderte.

Viele Jahre wartete ich sehnsuchtsvoll auf den Urlaub in Apulien, stopfte dort unendlich viel Mozzarella in mich hinein und tat alles, um ein bisschen, ach, wenigstens ein paar Stückchen für den ersten Abend zu Hause mitzunehmen – was äußerst schwierig war, manchmal gelang, aber manchmal auch gründlich schief ging.

Im *caseifcio* bekam ich eine kräftige Styroporkiste, die mit Eiswürfeln in Plastiktüten ausgelegt wurde. Der Mozzarella kam mit der dazugehörigen Salzlake in eine eigene Plastiktüte, die in der Mitte der Kiste auf dem Eis platziert wurde. Drumherum und oben drüber wurde der restliche Platz mit Eiswürfelbeuteln ausgefüllt.

Dieser Mozzarella kam frisch und lecker nach Deutschland! Obwohl die Wirtin am Wörthersee ihn mir am liebsten entrissen hätte.

Mein Mann hatte sich bis dahin über meine Mozzarellasucht amüsiert. Nein, ernst nehmen wollte er sie nicht. Lachend beobachtete er, welche Mühe ich mir gab, einigermaßen frischen Mozzarella in Deutschland zu bekommen.

Meist donnerstags, wenn der „Mozzarellabomber" aus Neapel geliefert hatte.

Dann fuhren wir gemeinsam nach Apulien und lernten Giovanni kennen. Er besaß die nette kleine Bar an der *litoranea* – der Küstenstraße – gleich gegenüber dem Eingang zum Strandbad.

Vor und nach dem Schwimmen tranken wir hier gern einen Cappuccino und hatten Spaß an der Unterhaltung mit Giovanni. Mein Mann sprach zu dieser Zeit nur drei bis fünf Worte Italienisch und gab sich Mühe, diese auch fröhlich anzuwenden.

„*Signora*", fragte Giovanni bei einem dieser Gespräche, „magst du Mozzarella?"

Ich nickte, und mein Mann antwortete stolz: „*Si! Chilo per chilo!*"

Wir lachten, und Giovanni drückte ihm die Hand.

„*Un momento!* – Einen Moment!" Er verschwand in der kleinen Küche, in der seine Mutter die kleinen Appetithappen zubereitete, die abends zu den Cocktails angeboten wurden.

„Weißt du überhaupt, was du da gesagt hast?", wandte ich mich an meinen Mann.

„Die Wahrheit!"

Ich warf ihm einen bösen Blick zu und fand ihn einfach gemein. Wie konnte er meine Vorliebe in dieser Weise verraten! Ein Ja hätte doch genügt!

Im nächsten Moment blieb uns beiden der Mund offen stehen vor Staunen.

„Was ist das?", wollte ich fassungslos wissen.

„*Solo un piccolo piatto di assaggini* – nur ein kleiner Teller mit Kostproben!", erwiderte Giovanni mit hörbarem Stolz in der Stimme.

Klein war schlicht gelogen! Giovanni hatte eine richtig große Platte mit den verschiedensten Mozzarella-Spezialitäten belegt:

Bocconcini, Trecce, Burrata, Stracciatella, Bufala, mit Schinken gefüllter Mozzarella … Mir lief allein beim Anblick das Wasser im Mund zusammen!

„*Mangi, mangi* – iss, iss!", forderte mich Giovanni amüsiert auf und stellte ein Körbchen mit frischem Brot aus Altamura dazu. Ja, auch das Brot war eine Spezialität!

Ich vergaß das Mozzarella-Erlebnis meiner Mutter und schlug gnadenlos zu. Nein, alles allein aufessen konnte ich nicht. Und mein Mann ging sehr vorsichtig mit den unbekannten Spezialitäten um.

„Die *Bocconcini* kennst du", erklärte ich ihm. „Das ist der normale Mozzarella in klein. Die *Trecce* ist ebenso normal und nur als Zopf geflochten."

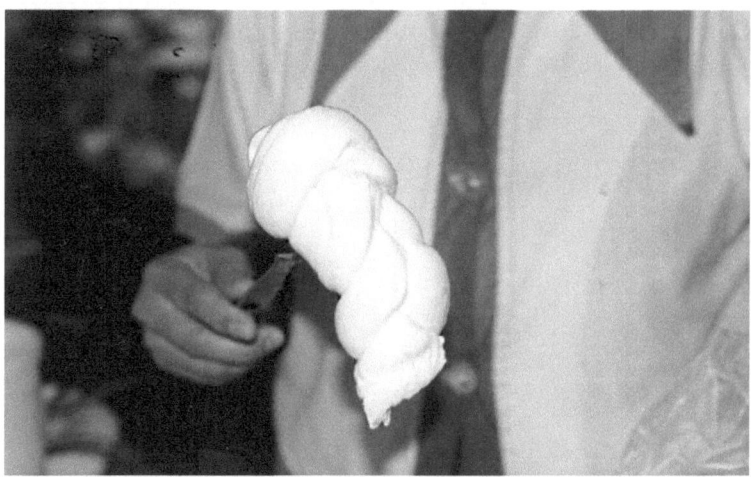

Auch er griff nun begeistert zu.

„Der *Burrata* hat eine Butter-Sahne-Füllung im Mozzarella-Säckchen, und die *Stracciatella* besteht aus Mozzarella-Streifen in Sahne!"

Es dauerte zwar eine Weile, bis wir letztendlich zu dritt diesen „kleinen" Kostprobenteller geschafft hatten. Sogar die Büffelmozzarella – uns bis dahin weniger bekannt – fand den Weg in unsere Mägen.

Dass wir anschließend mindestens eine halbe Flasche *San Marzano* – unseren Lieblings-Magenlikör – benötigten, war voraussehbar. Aber wer hätte bei all den Leckereien schon widerstehen können?

An diesem Tag sind wir nicht mehr Schwimmen gegangen. Wir wären trotz des Salzgehaltes des ionischen Meeres untergegangen wie Steine!

Es war nicht nur ein unvergesslicher Genuss sondern auch ein ebensolches Erlebnis. Jeder Gedanke daran zaubert *un laghetto* – einen kleinen See auf unsere Zungen!

Ich glaube, es war dieser wunderschöne Abend, nachdem ich beschloss, dass meine bessere Hälfte Italienisch lernen musste!

Mozzarella gehört immer noch und immer weiter zu unseren Lieblingsgerichten!

# Der Duft der Märkte

Ich liebe Märkte. Vor allem die in Italien, im Süden, die, auf denen man nur wenige Touristen und viele Einheimische trifft.

Die normalen Wochenmärkte also, auf denen man alles findet, was zum täglichen Leben gehört, Obst, Gemüse, Käse, Süßkram, Nüsse, Fleisch, Fisch, Schuhe, Möbel, Stoffe, Kleider, Gardinen, Haushaltswaren...

Habe ich etwas vergessen?

Gut, dann muss ich am Mittwoch wieder auf den Markt gehen, auf meinen Markt in Talsano! Oder am Donnerstag in Pulsano und schauen, was ich nicht aufgezählt habe!

Im Laufe der Jahre kannte ich „meine" Stände, „meine" Händler, und hatte Freude daran, sie immer wieder zu besuchen, ein Schwätzchen zu halten und die neuesten Familiengeschichten zu hören. Ganz nebenbei suchte ich aus, was ich brauchte, und fühlte mich so richtig beschenkt.

Mein „Käsemann" hatte mir vor Jahren schon den Geschmack der Sorte Rodez näher gebracht. Probieren musste ich ihn – und seither jedes Mal neu und mit größtem Vergnügen.

Er schob dann so eine Art Ausstecher in den Käselaib und zog ihn mit einer Drehung und einem Stück frischem Käse heraus, das er abbrach. Mit dem Rest verschloss er das Loch wieder.

„Wenn er das öfter macht, wird aus dem Rodez ein Emmentaler", überlegte mein Mann.

Probiert wurde immer wieder und jede Woche, und ein dickes Stück Rodez nahmen wir am Ende unseres Urlaubs mit nach Deutschland.

Die großen Säcke mit den getrockneten Bohnen in allen Variationen, dem Reis, den Nüssen und all den anderen Herrlichkeiten faszinierten mich bei jedem Besuch aufs Neue. Wie oft schon hatte ich diesen Stand fotografiert?

Die Mischungen für verschiedene Eintöpfe nahm ich gern mit nach Hause. Sie trösteten uns im Winter über unsere Italiensehnsucht hinweg.

Und dann war da Pino, ein besonders lieber Mensch, der immer einen Stuhl für mich bereithält, im Schatten natürlich, und Wasser, damit ich die Anstrengung des Marktbesuches besser ertrage.

Vor Jahren verkaufte Pino Stoffe, Kleiderstoffe. Ich sollte besser sagen: Träume. Einige warten noch in Deutschland im Schrank, dass sie wahr werden…

Ich habe sie immer wieder gekauft, diese feinen Stoffe, die ich in dieser Art in Deutschland nur selten fand, und ich war traurig, als er das Sortiment wechselte. Nun verkaufte er Bett- und Tischwäsche und im Sommer vor allem Strandlaken und Handtücher.

Ein Besuch bei ihm gehört zu den schönen Verpflichtungen; denn dann erfahren wir auch die Familienneuigkeiten, sehen Fotos von den Kindern und wundern uns, wie schnell die Jahre vergangen sind.

Ein besonderes Erlebnis hatten wir mit Mimmo, der Pflanzen und Gewürzpflänzchen verkauft. Wir hatten uns mit dem Gärtner unserer Freunde, dem „Wasserartist", wie wir ihn nannten, auf dem Markt verabredet.

„Nein, nein, diese Milch ist nicht gut, viel zu teuer. Das Öl musst du in Manduria kaufen. Es gibt nichts Besseres. Was, du kaufst bei dieser Hexe auf dem Markt? Nein, nein, komm zu mir, ich sage dir, wo du gut und preiswert kaufen kannst!"

*Mamma mia!* Was für ein Mann! Mit seiner Stimme war er sicherlich bestens für den Markt geeignet! Und die Geschwindigkeit, mit der er seine Worte ausspie, ähnelte einem Maschinengewehr.

Wir hatten versprochen, ihn zu besuchen – und wir hielten Wort.

Es war ein herrliches Vergnügen, ihm beim Verkauf seiner Pflanzen zuzuschauen. Er verstand es, zu verkaufen und den Käufern seine Pflanzen zu erklären. Man konnte merken, dass er an jeder einzelnen hing und sie liebevoll aufgezogen hatte.

Endlich entdeckte er uns. „Deutschland!", rief er und alles drehte sich zu uns um.

Dann winkte er seinem Sohn. „Serafino, bring die Leute zu Piero und sag ihm, er soll einen guten Preis machen!"

Ich bedankte mich, was er schon nicht mehr mitbekam, da er der nächsten Kundin die Behandlung „dieser einmalig schön blühenden Gartenblume" erklären musste.

Wir folgten Serafino auf Schleichwegen quer über diesen riesigen Markt, durch halbwegs abgebaute Stände und zwischen Gemüse und Eiern hindurch bis zu jenem Piero.

„Die soll ich dir bringen", sagte Serafino knapp und entschwand zwischen den nächsten Ständen.

„Also, was ist, *bella Signora*?", fragte Piero und wies auf seine Auslage. „Du kommst verdammt spät. Ich habe ja schon fast nichts mehr!"

Mein Mann und ich sahen uns an. Ohne Worte waren wir uns einig, dass wir einen Scamorza Bianca mitnehmen wollten, jenen frischen Scamorza, den man in Deutschland bis dahin nicht bekam.

„Einen Scamorza", verlangte ich höflich.

„Und Mozzarella", bestimmte Piero.

„Ja, zwei Stück!"

Piero nahm eine Tüte und füllte sie mit Mozzarella – ich weiß nicht, mit wie viel! Meinen Protest ließ er nicht gelten.

„Sei still, ich mache dir einen guten Preis!"

Er gab noch Flüssigkeit dazu und verknotete die Tüte. In die nächste packte er Scamorza – einen nach dem anderen!

„Um Himmels willen, wir sind nur zu zweit", versuchte ich einen erneuten Protest, der natürlich rein gar nichts brachte.

„Iss! Ist alles gesund. Gibt es nicht in Deutschland!"

Er hatte ja Recht! Also schwieg ich und dachte schon voller Entsetzen an meinen Geldbeutel. Schließlich kannte ich die Preise dieser Spezialitäten.

Piero verlangte weniger als die Hälfte von dem, was ich normalerweise hätte bezahlen müssen.

„Nächste Woche kommst du wieder", bestimmte er, „aber früher! Schlafen kannst du am Nachmittag!"

Fast mit gesenktem Kopf ob dieser Strafpredigt verabschiedeten wir uns von Piero und versprachen, gern wiederzukommen.

Auf dem Weg zu unserem Auto erstanden wir duftende Tomaten, tiefdunkle Kirschen, zart schimmernde Aprikosen und eine richtig große Wassermelone.

Der Duft der Märkte – er begleitete uns in unser Ferienhaus.

Die Erinnerung daran erfüllt unser Haus in Deutschland, wenn ich meine Nase in frisches Basilikum stecke, das lange nicht so intensiv duftet wie in Apulien...

# Sehnsucht nach Sonne

Hab Sehnsucht nach Sonne
Hab Sehnsucht nach Licht
Doch es ist Winter
Ich seh sie nicht

Träum von Sonne im Herzen
Träum von warmer Helligkeit
Kommt ein Strahl durch mein Fenster
Ist der Frühling nicht weit

Hab Sehnsucht nach Sonne
Warte auf den Tag
Lebwohl, kalter Winter
Sonne kommt, wenn sie mag...

# Gastfreundschaft

Mit Freunden besuchten wir Manduria, die schöne alte Messaper-Stadt in Apulien. Es macht uns immer wieder Freude, deutsche Freunde durch Apulien zu führen, ihnen all die wunderbaren Schätze zu zeigen, die wir im Laufe der Jahre entdeckt hatten.

Manduria ist so ein Schatz.

Wie immer hatte ich meinen Fotoapparat schussbereit. Hier gibt es so viel zu sehen, dass ich gar nicht oft genug abdrücken kann.

In einer der schmalen Gassen im alten jüdischen Ghetto entdeckte ich eine mit Blumen bewachsene Dachterrasse, die sich als besonders schönes Bild anbot. Also hob ich den Fotoapparat und schaute mir mein Motiv per Zoom genauer an.

Im nächsten Moment senkte ich beschämt den Apparat. Ich kam mir vor wie ein Voyeur. Zwischen all den Blüten und Blättern blickte eine Frau auf uns herab.

„Guten Tag, Sie leben in einer wunderschönen Stadt", rief ich ihr zu, als wollte ich mich entschuldigen, dass ich ihr mit meinem Fotoapparat ungefragt auf die Pelle gerückt war.

„Ja", erwiderte sie freundlich und strahlte übers ganze Gesicht. „Willst du raufkommen? Hier oben ist es noch viel schöner!"

„Aber..." Ich war verwirrt und beschämt zugleich, wahnsinnig neugierig und völlig unentschlossen.

„Wie viele seid ihr?", wollte sie wissen.

„Wir sind zu viert, zwei Paare", zählte ich auf, immer noch mit einer gewissen Ungläubigkeit.

„Kommt rauf", bestimmte sie.

Es dauerte nicht lange, da stand sie schon in der geöffneten Haustür und winkte uns herein. Ein bisschen benommen folgten wir ihr durch ein enges sehr schlichtes, aber sehr sauberes Treppenhaus. In der ersten Etage empfing uns ein älterer Mann, der uns freundlich hereinwinkte.

Zwei Töchter gehörten zur Familie, die offensichtlich gerade zu Mittag gegessen hatte und die sich nun dafür entschuldigte, nichts mehr für uns zu haben. Aber einen *caffè* sollten wir mit ihnen trinken.

Dabei erfuhren wir, dass die Familie ein ziemlich ärmliches Leben hatte. Der Vater war Maurer, arbeitslos, die Mutter half ab und zu bei anderen Familien aus. Die älteste Tochter hatte einen 3-Monats-Job bei der Stadt, die jüngere Schwester ging noch zur Schule. Alle vier wirkten nicht unzufrieden, eher gelassen und schienen voller Gottvertrauen – eine Haltung, die uns beschämte.

Aus dem *soggiorno,* dem Esszimmer, zogen wir um auf die Terrasse, die einem paradiesischen Gärtchen glich. Himmel, was man alles in Blumentöpfen und Balkonkästen züchten konnte! Kräuter aller Art, Früchte, Gemüse... Und dieser Ausblick! Ja, wir waren in einem kleinen Garten Eden gelandet und verstanden auf einmal, warum die Familie in ihrer Armut noch so viel Glück empfinden konnte.

Ich durfte fotografieren, was immer ich wollte. Nur die Familie sperrte sich ein bisschen. Dabei reizten die sprechenden Gesichter der Eltern ganz besonders. Aber ich drängte sie nicht.

Wir waren so dankbar für diese selbstverständliche und spontane Gastfreundschaft. Als wir uns nach *caffè* und selbst gemachtem Likör verabschiedeten, versprach ich wiederzukommen. Selten habe ich mich so beschenkt gefühlt.

Im Jahr darauf besuchten wir die Familie noch einmal. Wir hatten ein Fläschchen Parfum und eine Flasche deutschen Likör im Gepäck und natürlich unsere Fotos. Die Freude war riesig. Sie wollten uns sogar zum Essen einladen. Wir machten Mutter und Vater klar, dass wir gern ein anders Mal mit ihnen essen wollten, an diesem Tag aber bereits eingeladen waren. Zum Glück haben sie unsere Ausrede akzeptiert.

Aber sie bestanden darauf, dass sie uns ihr Viertel, ihr jüdisches Ghetto zeigen wollten, und wir bekamen eine Führung der besonderen Art bis hin zu dem kleinen Laden der ältesten Tochter, die es geschafft hatte, sich mit kunstgewerblichen Artikeln selbständig zu machen. Natürlich kauften wir eine Kleinigkeit zum Andenken an diesen besonderen Tag.

Wir besuchten gemeinsam den Dom, lauschten der spannenden Erzählung der Signora zur Geschichte des Viertels und nahmen uns vor, beim nächsten Mal die kleine versteckte Vinothek zu besuchen oder eines der lauschigen Ristoranti, die sich am Abend mit ihren wackeligen Tischen in den engen Gassen ausbreiteten.

Ganz erfüllt von unseren Erlebnissen und von der nicht enden wollenden Herzlichkeit der Signora und ihrer liebenswerten Familie verabschiedeten wir uns und versprachen, Manduria und seine Bewohner in unserem Herzen zu bewahren.

Ja, wir würden wiederkommen, immer und immer wieder. Die Erinnerung an diese Familie und an die beiden Begegnungen empfinde ich bis heute als besonders tröstlich, wenn ich mal wieder mit mir und meinem Leben unzufrieden bin.

*Ricordi...* Erinnerungen sind immer etwas Besonderes.

# Die Geburt von Papas Liebling

Vater zu werden ist eine verdammt harte und verflixt emotionelle Geschichte. Vor allem in Italien. Der Stammhalter muss her. Heute wie einst, und einst noch mehr als heute.

Allein unter diesem Aspekt ist die Geschichte von Maria und ihrem Papa Giovanni zu sehen.

Als Giovanni und seine Elena ihr erstes Kind erwarteten, waren sie unglaublich stolz und glücklich. Dass es ein Mädchen wurde, nun, das war gar nicht schlimm. Die kleine Anna sollte das entzückende Abbild von Mama Elena sein, beschloss Papa Giovanni.

Fünf Jahre lang spielte er begeistert mit dem lebendigen Püppchen, bis Elena ihm errötend gestand, dass sie wieder ein Kind erwartete.

Giovanni ging mit stolz geschwellter Brust zur Arbeit. Jedem, der es hören wollte, erzählte er, dass nun endlich sein Sohn zur Welt kommen würde. Etwas anderes konnte nicht sein, würde es sicher nicht geben.

Und dann war es so weit.

Oh, ich vergaß zu erzählen, dass in jener Zeit vor mehr als siebzig Jahren, die Kinder oft zu Hause geboren wurden. Nur die wenigstens hatten das Geld für ein Krankenhaus. Daheim halfen eine Hebamme und die weiblichen Verwandten.

Bei Elena waren es ihre Mutter und ihre Schwiegermutter und die städtische Hebamme, Signora Gilda.

Die Dame war sehr resolut. Als bei Elena die Wehen einsetzten, schickte sie die Männer in die Küche: Papa Giovanni, die Großväter Mario und Angelo und Onkel Antonio, der fast noch nervöser war als der werdende Vater.

Im Schlafzimmer setzte die Geburt ein. Jeder Schrei Elenas wurde in der Küche mit einem vierstimmigen männlichen „Oj oj oj" kommentiert. Nein die Männer wollten nicht wirklich wissen, was da drüben geschah!

Und dann erklang ein spitzer Schrei, und das kräftige Erstlingsweinen eines Säuglings schallte bis in die Küche.

„So schreit nur ein Junge", stellte Onkel Antonio im Brustton der Überzeugung fest.

Giovanni sprang auf, riss seine Jacke vom Haken im Flur und rannte mit Riesenschritten durchs Treppenhaus.

„Ich habe einen Sohn", schrie er ein ums andere Mal, bis er die Bar erreicht hatte, in der seine Kollegen schon auf ihn warteten. Schließlich wussten sie alle, welch wichtiger Tag heute war.

Sie tranken auf das Baby, auf die Mama, auf den Papa, auf die Zukunft. Der Name stand längst fest. Mario sollte der Kleine heißen, wie Giovannis Vater.

„Er wird bestimmt mal Lokomotivführer", meinte einer der Kollegen.

„Oder Feuerwehrmann", schlug ein anderer vor.

Doch Giovanni wehrte stolz ab. „Meine Kinder werden studieren! Mein Sohn wird Anwalt oder Doktor oder..."

Sehr viel fiel ihm im Moment nicht mehr ein. All die kleinen *Grappini*, die er auf seinen Neugeborenen, seinen Stammhalter getrunken hatte, hatten ihn in eine Nebelwand gepackt.

„Wie sieht er denn aus, dein Sohn?", wollte der Kollege neben ihm wissen.

Giovanni stutzte. Er hatte den kleinen Mario ja noch gar nicht gesehen! Er begann zu stottern, zerrte ein paar Scheine aus der Tasche, um die Zeche zu bezahlen, und machte sich dann wortlos auf den Heimweg. Dummerweise kam er nicht einmal an einem Blumengeschäft vorbei. Nun, er würde seiner Elena später ein besonders schönes Schmuckstück kaufen.

Erfüllt von diesem Gedanken betrat er seine Wohnung, wo sein Vater und sein Schwiegervater ihn auf eine Überraschung vorbereiten wollten. Doch Giovanni hörte gar nicht hin, stieß die besorgten Herren beiseite und stürmte ins Schlafzimmer.

Elena strahlte ihm entgegen. „Wo warst du solange, *amore mio*? Willst du unseren kleinen Schatz nicht sehen? Schau, ist sie nicht süß?"

Sie? Erschrocken fuhr Giovanni zurück. „Das kann nicht sein", stammelte er entsetzt. „Das ist nicht mein Sohn?"

Elena lächelte mild. „Nein, mein Herz", erwiderte sie sanft. „Das ist unsere Tochter Maria!"

Giovanni war zu schockiert, zu enttäuscht, um sich das bezaubernde Etwas in Elenas Armen näher zu betrachten. Er brauchte tatsächlich mehr als nur eine Nacht, in der er an sich und seinen Fähigkeiten zweifelte und mit seinem Schicksal haderte.

In den folgenden Jahren schenkte er der Kleinen stets dann seine besondere Aufmerksamkeit, wenn sie eher jungenhaft an seiner Seite zum Handwerker wurde. Nicht dass er sie nicht liebte, nein, das war es nicht. Es war nur so, dass ihm der Sohn fehlte.

Was die kleine Maria nicht sonderlich belastete. Aus ihr wurde ein bildhübsches Mädchen, eine bezaubernde und patente junge Frau, die von ihrem geliebten Papa weitaus mehr gelernt hatte als die anderen typisch italienischen Mädchen, die einen Hammer nicht von einem Schraubenzieher unterscheiden konnten.

Maria konnte das – sogar im Abendkleid und Stöckelschuhen. Himmel, war Papa Giovanni da stolz!

Und so haben wir Maria kennengelernt: eine großartige Frau mit viel Herz und Verstand, patent, liebenswert und fröhlich.

Auch ihren *papà* erlebten wir, herzlich und mit verschmitztem Lächeln. Die Erinnerung an ihn begleitet uns wie auch die bleibende Freundschaft mit seiner ganzen Familie.

– für meine Freundin Maria aus Taranto und in Erinnerung an ihren unvergessenen *papà* –

# Als Schwiegertochter durchgefallen

Sissi war süß, gerade mal 16 Jahre alt und absolut begeistert von diesen hinreißend schönen Ferien im Süden des italienischen Stiefels.

Ja, hier unten hatte die hübsche Deutsche, die mit ihren dunklen Haaren so gar nicht deutsch aussah, ihr Italien gefunden, ihr Paradies, so wie sie es sich erträumt hatte. Vom Campingzelt purzelte man direkt über den weißen Strand ins unendlich blaue Meer. Es war dieses Blau, für das es keine Worte gab, das Sissi ihr Leben lang nicht mehr losließ.

An diesem Strand trafen sich jeden Abend die jugendlichen Camper, eine bunt gewürfelte Gruppe junger Menschen aus den unterschiedlichsten Ländern. Rotwein, Lagerfeuer im Mondschein und unterm Sternenhimmel und dazu italienische Schlager aus dem *„mangia-dischi"*, einem tragbaren Plattenspieler, sorgten für eine romantische Atmosphäre. Die flotten Gruppentänze im Sand endeten oft genug im glasklaren warmen Wasser des ionischen Meeres.

An einem dieser Abende brachte Beppi Roberto mit, der ein wenig dem jungen Omar Sharif ähnlich sah. Voller Stolz stellte er seinen älteren Bruder vor und erzählte, dass Roberto in Pisa Atomphysik studierte.

Roberto war das gar nicht recht. Er wirkte eher schüchtern und hielt sich bei allen Späßen sehr zurück. Einzig die Blicke, die er Sissi zuwarf, zeigten, dass er ganz und gar mit seinen Gedanken anwesend war.

*„Dove sei?* – Wo bist du?"*, wollte Beppi zwischendurch wissen.

*„Qui,* Beppino, hier!"

„Los, tanz doch mit! Es macht Spaß!"

Gehorsam erhob sich Roberto und verbeugte sich ein bisschen steif vor Sissi. *„Balliamo?"*, fragte er.

Sissi verstand ihn zwar nicht, aber sie nickte. „Ich kann nicht gut tanzen", warnte sie ihn. Was er genauso wenig verstand.

Am Ende dieses Abends waren alle Sprachschwierig-keiten ausgeräumt. Herz und Gefühl hatten die Regie übernommen. Mit drei Worten Italienisch, zwei Worten

Deutsch und ein wenig Englisch schafften sie es, sich für den nächsten Tag zu verabreden.

Und für den übernächsten...

Sissi und Roberto waren von Stund' an unzertrennlich. Ihre Mama war nur noch besorgt.

Sie beruhigte sich erst wieder, als sie erfuhr, dass Roberto einer sehr konservativen Familie entstammte und seinen Bruder Beppi zum Aufpasser für Sissi bestimmt hatte. Der junge Student hatte sich formvollendet bei den Eltern seiner geliebten *tedesca*, Deutschen, vorgestellt und deren Achtung errungen.

So erlebte Sissi romantisch verliebte, glückliche Ferien und sah dem Ende voller Trauer entgegen. Es würde ihr unendlich schwer fallen, sich von Roberto zu trennen.

Zärtliche Küsse im Mondschein und traumverlorene Tänze unterm glitzernden Sternenhimmel, das Anschlagen der sanften Wellen am Strand...

Was immer geschehen würde, Sissi hatte ihr Herz an dieses paradiesische Stückchen Italien verloren, und zwar für immer und ewig, so viel stand fest.

Ein paar Tage vor dem Ende der Ferien fuhr Roberto in einem nagelneuen Fiat 500 vor, einem *Topolino* in Dunkelblau mit roten Sitzen.

„Ein Geschenk meiner Eltern, weil ich mein erstes Examen bestanden habe", erklärte er so lange, bis Sissi verstand. Dann lud er sie zu einer Spazierfahrt ein.

Ein bisschen komisch war es ihr schon, als sie so ganz allein mit Roberto die *Litoranea* entlang in Richtung Taranto fuhr. Zwei oder drei Buchten weiter parkte er und half ihr ganz gentlemanlike aus dem kleinen Auto.

*„Mia mamma ci aspetta"*, erklärte er fast ein wenig zu unterwürfig, „meine Mama erwartet uns!"

Was Sissi glücklicherweise nicht verstand. Auf dem Felsplateau saß Robertos Familie unterm Sonnenschirm und blickte den Ankömmlingen erwartungsvoll entgegen: Mamma Rosanna, Nonna Maria Margherita, Tante Annarita, alle in diskretem Schwarz, und noch ein paar ältere und jüngere Damen, deren Namen an der völlig schockierten Sissi vorbei rauschten.

Man machte gleich vom ersten Moment an deutlich, dass sie nicht willkommen war. Sie durfte sich auf den nackten Felsen in die pralle Sonne setzen, und man bot ihr nicht einmal ein Glas Wasser an. Dennoch bemühte sie sich, jede Frage, die man ihr stellte, so gut es ging zu beantworten. Man sprach Englisch.

Sissi spürte, dass ihre offene Art und ihre Gegenfragen auf Ablehnung stießen. Sie wünschte sich nichts mehr, als sich in den Armen ihrer Mutter auszuheulen.

Endlich fand Roberto genügend Mut, erbarmte sich ihrer und brachte sie zum Campingplatz zurück.

„Wir sehen uns morgen, *bella mia!*"

Sein Kuss zum Abschied schmeckte bitter. Ihre romantischen Gefühle waren verschwunden.

In dieser Nacht nahm Sissi Abschied von ihrer Urlaubsliebe. Mit ihrer Mutter hatte sie nicht gesprochen. Das wollte sie tun, wenn sie wirklich und richtig mit ihrem kleinen Abenteuer abgeschlossen hatte.

Roberto machte es ihr einfach und schwer zugleich, als er sie am nächsten Abend abholte und an einen besonders romantischen einsamen Strand brachte. Im silbrig glitzernden Mondlicht ähnelte er wie nie zuvor Omar Sharif und sah aus wie ein orientalischer Prinz.

„Sissi, *bellissima*, willst du mich heiraten?"

Seine Stimme klang so verführerisch, und ihr Herz machte ein paar ganz unvernünftige Sprünge. Doch dann sah sie wieder seine Mutter vor sich, die Oma, die Tanten und Cousinen… Schlagartig wurde ihr klar, dass sie ihre persönliche Freiheit aufgab, wenn sie zustimmte. Sie würde nie wieder allein oder mit Freundinnen Eis essen oder Tanzen gehen können. Sie würde das Anhängsel dieser allzu strengen und ungnädigen Schwiegermutter sein.

Schwiegermutter!

Das Wort allein erschreckte sie zutiefst. Es schüttelte sie, und sie hoffte, dass Roberto nichts davon mitbekam. Endlich hatte sie sich so weit gefasst, dass sie ihm antworten konnte. Mit belegter Stimme und schrecklichen Fehlern in ihrem Englisch machte sie ihn darauf aufmerksam, dass es in Deutschland nicht üblich war, so früh zu heiraten, zumal sie die Schule noch nicht beendet hatte und ihre Eltern von ihr erwarteten, dass sie studierte oder wenigstens eine vernünftige Ausbildung anstrebte, bevor sie ans Heiraten denken konnte. Wenn er denn so lange auf sie warten wollte...

Es war ein endgültiger und trauriger Abschied. In den nächsten Tagen kehrte Roberto nicht auf den Campingplatz zurück.

Was Sissi erleichterte. Sie hatte sich schnell gefasst und das Wort „Liebeskummer" gegen das Wort „schöne Erinnerung" ausgetauscht. Sie konnte es kaum fassen, wie leicht ihr das fiel. Dass ihre Mutter nicht in sie drang und ausfragte, empfand sie als liebevolle Unterstützung.

Ungefähr sechs Wochen nach ihrer Rückkehr nach Deutschland erhielt sie einen Brief aus edlem Papier und mit Goldrand. Es war die Hochzeitsanzeige von Roberto, dem Sohn aus gutem Haus, mit Gabriella, der ersehnten Schwiegertochter aus noch besserem Haus.

„Mama, schau mal!", rief Sissi aufgeregt. „Omar Sharif heiratet!"

Ihre Mutter schaute irritiert von ihrer Lektüre auf. „Sissi, was ist das schon wieder für eine Idee?"

„Lies selbst!" Sissi tanzte lachend durch das Wohnzimmer. „Jetzt hat die schwarze Krähe von Gluckenmutter, was sie wollte! Die konnte mich doch nicht leiden und hatte Angst, ich könnte ihren Goldjungen kapern! Nein, mich kriegen solche Leute nicht!"

Ihre Mutter lächelte fein.

# Warten

Dasitzen und warten als Lebensinhalt. Warten auf die Sonne am Mittag, warten auf die karge Mahlzeit, warten auf die Tochter, den Sohn, die Enkel...

Warten...

Gesichter, deren Lebenslinien von Schicksalsschlägen erzählen, Geschichten aus der Vergangenheit, von Glück und Leid und der Schwierigkeit zu leben...

Warten...

Warten, worauf? Warten auf die Nacht, Hoffnung auf Schlaf und friedliches Erwachen, Warten auf den nächsten Tag, der nichts anderes bringt...

Warten...

Traurigkeit in den Augen, manchmal blitzt Schalk auf, ein Rest von dem, was einmal war, gefolgt von zahnlosem Lächeln, das die Sehnsucht nach Frieden spürbar macht...

Warten...

Warten auf das Interesse der anderen, auf die, die wissen wollen, wie es einem geht und warum man hier sitzt, die wissen wollen, wie es einst war...

Warten...

Mensch sein wollen im Dabeisein, nicht am Rande, fast vergessen, ohne Zukunft, Mensch sein auch im Warten auf den Tod...

Das Lächeln als Dank für ein freundliches Wort nehme ich mit, tief in meinem Herzen. Ich bin dankbar fürs Teilhaben dürfen...

# Sehnsucht nach Sicherheit

Also, mit der Sicherheit ist das so eine Sache in Italien. In vielen großen Häusern sitzt unten im Parterre der Hausmeister in einem Glaskasten. An dem kommt man nicht so einfach vorbei.

Ganze Wohnblocks sind eingezäunt und haben am Tor einen von allen Bewohnern bezahlten Wächter, einen Aufpasser, eine Art Hausmeister, der dafür sorgt, dass das Eigentum der Bewohner sicher ist. Wo kein „custode" ist, da gibt es fantastische Sicherheitstüren zu den Wohnungen mit bis zu acht Schlössern. Acht! Und natürlich werden alle Fenster und Rollläden oder Schlagläden stets fest verschlossen, wenn man die Wohnung verlässt.

So war es auch bei Aurelio, der mitten in der Stadt wohnte und seine Wohnung und sein Eigentum sichern wollte. Immer, wenn er seine Wohnung verließ, verrammelte und verriegelte er sie nach allen Regeln der Kunst. Jahrelang.

Eines Tages kam er nach Hause und wollte nichts anderes, als in seiner höchst eigenen Küche ein wunderbares italienisches Abendessen zaubern. Aurelio stellte seine schweren Einkaufstüten und Taschen ab, angelte seinen Schlüssel hervor und steckte ihn ins Schloss. Während er ihn herumdrehte, war er in Gedanken schon bei der Auswahl der Rezepte. Im nächsten Moment hatte er jedoch das Abendessen vergessen.

Die Tür öffnete sich nicht. Auch nicht nach dem zweiten und nach dem dritten Versuch.

Aurelio schlug mit der Faust gegen die Tür, trat dagegen, hämmerte auf sie ein. Doch nichts half. Die achtfache Sicherung rührte sich nicht. Der Zugang zu seiner Wohnung blieb ihm verschlossen.

In seiner Verzweiflung telefonierte Aurelio mit einem Freund. Natürlich kamen Riccardo und seine Frau Maria Luisa sofort, um dem armen Ausgesperrten beizustehen. Aber auch Riccardos Versuche, die Tür zu öffnen, schlugen fehl.

Nun saßen sie bereits zu dritt im kühlen Treppenhaus. Das Gemüse in den Einkaufstaschen verströmte einen appetitlichen Duft, und sämtliche Mägen gaben deutlich zu verstehen, dass sie leer waren und auf beseligende Füllung warteten.

Als Aurelio sich entschloss, weitere Freunde um Hilfe zu bitten, war bereits mehr als eine Stunde vergangen. Filippo, Bauingenieur von Beruf, sollte das Problem nun endgültig lösen. Schließlich war er vom Fach. Seine Frau Brigida, eine bezaubernde Rechtsanwältin, stand derweil dem verzweifelten Aurelio tröstend zur Seite.

Doch nichts geschah.

Mittlerweile betrachteten die Nachbarn die Zusammenkunft im Treppenhaus mit interessierten bis misstrauischen Blicken. Hilfe gab es keine.

Eine Art Schlüsseldienst in unserem Sinn gab es nicht. Die einzige Hilfe in solchen Notfällen kam von der Feuerwehr.

Nach einer weiteren Beratung mit seinen Freunden blieb Aurelio nichts anderes übrig, als die Feuerwehr zu benachrichtigen.

Was nun geschah, war ein wundervolles italienisches Drama, wie es nur in Italien mit dem Temperament unserer Freunde aus dem Süden geschehen konnte. Ein großer Leiterwagen fuhr mit riesigem Getöse vor. Die Feuerwehrmänner sperrten die Straße ab, fuhren die Leiter aus und begaben sich auf den kleinen Balkon im ersten Stock.

Auf der Straße liefen die Menschen zusammen. Man fragte sich, was wohl geschehen war. Brandgeruch war nicht zu vernehmen. Gerüchte wurden laut.

Aurelio stand völlig gebrochen neben seinen Freunden, rang verzweifelt die Hände und schaute nach oben, wo die Männer der Feuerwehr den Schlagladen seines eleganten Salons aufbrachen und die große Glastür einschlugen.

„*Dio mio*", flüsterte er.

„*Dio mio*", murmelte auch die alte Dame, die neben Brigida stand. „Der arme junge Mann!"

„Wer?", fragte die Rechtsanwältin irritiert.

Die alte Dame wies nach oben. „Er! Na, sehen Sie doch, der nette junge Mann aus der ersten Etage! Der hat sich bestimmt umgebracht, und nun holen sie seine Leiche!"

Brigida hatte Mühe, ein Lachen zu unterdrücken. „Signora", erwiderte sie statt dessen mit einem gewollt mitfühlendem Ton. „Schauen Sie mal! Die Leiche steht neben mir!"

„*Dio mio*", hauchte die erschrockene Frau und bekreuzigte sich.

Während dessen hatten sich die Feuerwehrmänner den Weg zur Wohnungstür gesucht. Nun begannen die Öffnungsversuche von innen. Aurelio hatte ihnen den Schlüssel mitgegeben. Doch auch von dieser Seite rührte sich die Tür nicht.

Als die Axtschläge bis zur Straße drangen, brach Aurelio fast zusammen. Die Feuerwehrmänner wussten schon, wie sie der widerspenstigen Tür beikommen konnten! Sie brauchten gar nicht lange, bis sie endlich nachgab.

Na ja, die Tür war nun offen. Die Feuerwehr zog die Leiter ein und verabschiedete sich. Die Rechnung würde in den nächsten Tagen kommen. Die neugierige Menge lief auseinander. Übrig blieben nur Aurelio und seine Freunde.

„Was mache ich denn nun?", fragte er erschüttert beim Anblick seiner weit geöffneten Wohnungstür. „Die repariert mir heute doch keiner mehr! Und was das wohl alles kosten wird! Schlagladen, Glastür, Sicherheitstür und Feuerwehr! Ich glaube, ich werde verrückt!"

„Was hältst du zuerst einmal von einer wohlschmeckenden und preiswerten *Spaghettata*?", schlug Filippo in beruhigendem Ton vor.

Doch das lehnte Aurelio empört ab. Ans Essen mochte er nicht mehr denken. Und beruhigen konnte ihn der Gedanke an die schönsten Spaghetti schon gar nicht. Er machte sich viel mehr Sorgen, wie er in dieser so offenen Wohnung die Nacht verbringen sollte, ohne dass ein bösartiger Räuber ihn überfiel und ihm seine Nachtruhe und die letzten Wertgegenstände stahl.

„Du musst eben flexibel sein", meinte Riccardo in sanftester Freundlichkeit. „Du lehnst die Tür vor den Eingang. Und damit sie wirklich verschlossen ist, schiebst du dein Bett davor!"

Die Antwort Aurelios, ein gurgelnder Aufschrei, ließ Riccardo zurückweichen, um hinter Giuseppe Schutz zu suchen. Es hätte nicht viel gefehlt, und die Freunde wären aufeinander losgegangen.

Wäre das nicht ein zu hoher Preis für Aurelios Sehnsucht nach absoluter Sicherheit gewesen?

Zum Glück waren da ja noch Maria Luisa und Brigida...

Ob Aurelio seine Wohnungstür während der Nacht bewacht hat, das hat er nicht verraten. In den nächsten Tagen war er jedoch erst einmal damit beschäftigt, seine schöne Wohnung für viel Geld einbruchsicher machen zu lassen.

Es bleibt nur zu hoffen, dass die neue Tür zwar einbruchsicher bis in alle Ewigkeit, aber dennoch im Notfall zu öffnen war.

Gibt es eigentlich so intelligente Türen?

# La Guardia di Finanza – ein italienisches Spiel

Dass die Italiener ein gespaltenes Verhältnis zu Steuern, Steuereintreibern und Finanzbehörden haben, ist ja hinreichend bekannt. Möglicherweise ist auch das historisch gewachsen, zumindest gibt es handfeste Hinweise in alter Zeit. So hat Graf Giangirolamo Acquaviva, dessen Familie aus Bayern in den Süden Italiens gekommen war, einst aus dem verschlafenen Dörfchen Alberobello die Hauptstadt der Trulli gemacht. Er ließ die Zugereisten, Menschen ohne Heimat oder Flüchtlinge vor den Gesetzen anderer Grafschaften, mörtellose Zipfelmützenhäuser bauen, die man rasch wieder einreißen konnte, wenn die Steuereintreiber des Königs kamen und die Pro-Kopf-Steuer vom Grafen forderten. Und weil dann ein großer Teil des Ortes aus unbewohnbaren Steinhaufen bestand, deren eigentliche Bewohner in den Wäldern Zuflucht gesucht hatten, bis die königlichen Steuereintreiber wieder abgezogen waren, bekam der König nicht unbedingt die Summe, die ihm zustand.

Nach der Abreise der Beamten rief der Graf, den man wegen eines Augenleidens *„Il Guercio"*, den Schielenden, nannte, die Leute aus den Wäldern zurück, ließ wieder mörtellose Trulli bauen und kassierte nun seinerseits die fällige Steuer.

Das Abrissunternehmen der Familie Acquaviva funktionierte über mehrere Generationen, bis endlich die Bewohner der Trulli sich gegen diesen Wahnsinn auflehnten.

In unserer Zeit ist es die Finanzbehörde, die *Guardia di Finanza*, die den Italienern auf die Finger sieht und gern und heftig darauf klopft. Die modernen Gesetze sind wie die alten: man möchte sie am liebsten umgehen.

Heute heißt es, jede Quittung, auch die vom Espresso an der Ecke oder die von den Tomaten oder dem Käse vom Markt, mitzunehmen und bei einer Kontrolle durch die freundlichen Herren der Guardia di Finanza parat zu haben.

Und wenn die erhandelte Bluse vom Markt immer noch mehr gekostet hat als auf der Kassenquittung steht, dann ist es klar, dass die Mehrkosten an der Kasse vorbei freudig in die immer weit offenen Taschen des Händlers gehüpft sind. So haben alle etwas davon, nicht wahr?

Weil aber jeder mal irgendwo irgendwie geschummelt oder aus schwarzen Kassen in schwarze Kassen bezahlt hat – was jeder weiß, was aber niemals nicht geschieht –, also, deshalb steckt die Angst, erwischt oder zumindest kontrolliert zu werden, in jedem.

Dieses ungute Gefühl, dieses Misstrauen der Behörde gegenüber kannte auch unser Protagonist, den wir Gino Neri nennen wollen, ein erfundener Name, der den echten Helden dieser Geschichte schützen soll.

Also, Gino Neri, ein bekannter Kritiker aus Apulien, sollte in einem eleganten Hotel an der wunderschönen Amalfiküste einen allseits sehr beachteten Pressetermin bestreiten, auf den er sich lange vorbereitet hatte und dem er voller Ungeduld entgegensah.

Deshalb stand Gino schon recht früh an diesem Morgen vor dem großen Spiegel seines eleganten Zimmers – wer weiß schon, welcher weltbekannte Promi hier genächtigt und von der Terrasse aus aufs wunderbar blaue Meer geschaut hatte –, und sah unmutig an sich herunter. Nein, er gefiel sich noch gar nicht, und von der Eleganz seines Zimmers, von der lieblichen Schönheit der Landschaft draußen, von den ersten wärmenden Strahlen der Sonne bekam er nichts mit.

„*Mamma mia!*", seufzte Gino und hob theatralisch die Hände. Man durfte annehmen, dass er diese Geste nicht für die Presseleute einstudierte.

Es war sein schickes neues Jackett, das ihn ärgerte. Die Knopflöcher waren noch zugenäht, und das störte ihn gewaltig, weil er es doch so wahnsinnig eilig hatte. Wahrscheinlich warteten die Herren von der Presse bereits auf ihn...

Amalfiküste

Gino suchte und fand ein Nagelscherchen, mit dem er vorsichtig an den Knopflöchern herum knibbelte, als das Telefon klingelte.

„*Madonna!*", stieß der sonst so ruhige Kritiker hervor, verdrehte die Augen und riss den Hörer hoch.

„*Scusi*, Signor Neri, Entschuldigung, ich bin Paolo von der Rezeption!" Die Stimme klang auf alarmierende Weise aufgeregt. „Sie müssen sofort kommen!"

„Nein, das geht jetzt nicht", warf Gino Neri entschieden ein, kam aber nicht zu einer weiteren Erklärung.

„Sofort", verlangte Paolo mit sich fast überschlagender Stimme. „Die Herren von der Guardia di Finanza wollen Sie sprechen!"

„Ja, aber", setzte Gino gleichermaßen erschrocken wie irritiert an, kam aber wieder nicht wirklich zu Wort.

„Sofort!", rief Paolo genervt in den Hörer. Und weil es auf Italienisch viel schöner und vielleicht sogar noch drängender klingt, hier noch einmal das Original: *„Subito!"*

Dann war die Leitung stumm, und Gino, der so weltgewandte Kritiker, stand für einen Moment wie erstarrt da. Eigentlich war er sich keiner Schuld bewusst. Eigentlich...

Aber uneigentlich...

Also, wenn er mal so richtig nachdachte... vielleicht...

Es nutzte nichts, Gino nahm das alte Jackett von der Garderobe und die Beine in die Hand und eilte nach unten. In seiner Not nahm er sogar die Treppe statt des Aufzugs.

„Nein!", hörte er die aufgeregt klingende Stimme des Rezeptionisten. „Ich habe den Pass nicht gesehen!"

Gino bezog diese Worte prompt auf sich und stürmte empört in die Hotelhalle. Dabei holte er tief Luft. Schließlich hatte er vor, die Herren mal so richtig zurechtzustauchen. Was, bitte, sollte diese alberne Kontrolle ausgerechnete an diesem so wichtigen Morgen?

Doch mitten in der Bewegung blieb er stehen. Jedes Wort blieb ihm im Halse stecken. Seine Blicke flogen durch die Halle – keine Presseleute, Gott sei Dank!

Aber es gab auch keine Beamten der Guardia di Finanza. Es war nichts anderes, als nur ein makabrer Scherz seiner Freunde, die lachend vor der Rezeption standen und ihm zuprosteten.

„*Fregato* – reingefallen!", rief einer fröhlich.

Mit weichen Knien sank Gino in den nächsten Sessel – war es die Anstrengung des raschen Treppensteigens oder das ganz leicht schlechte Gewissen? – und griff in unendlicher Erleichterung nach dem Glas Prosecco, das man ihm reichte. Es dauerte noch eine ganze Weile, bis Gino mit den Freunden über den gelungenen Scherz lachen konnte.

Aber Gino Neri wäre nicht *d e r* Gino Neri gewesen, wenn er nicht sofort über einen passenden Racheplan nachzudenken begonnen hätte...

# Statte...

Statte ist heute fast schon ein Vorort von Taranto. Heute. Und einst? Gehörte der kleine Ort zur Zeit der Magna Grecia vielleicht schon zum Stadtgebiet der immer größer werdenden griechischen Hauptstadt auf dem italienischen Festland?

Alt – unendlich alt ist zumindest die antike Wasserleitung, dieses Überbleibsel aus jener fernen Zeit, diese sichtbare Ruine einer vergangenen Kultur – sie könnte römisch sein –, die schon so lange Jahre wie ein Mahnmal, wie eine Erinnerung, wie eine Aufforderung durchgehalten hat – eine Aufforderung, die niemand zu hören scheint.

Im Dunstkreis der ILVA, des ehemaligen *Italsider*, siecht sie dahin wie der Ort selbst, wird irgendwann, in nicht allzu ferner Zukunft auch das letzte bisschen Leben aushauchen, wird weichen müssen der sich ausbreitenden Industrie, dem Gestank der Fabrikausdünstungen, die den kleinen Ort schier unerträglich einmiefen.

In der Mittagshitze ist auch der Platz vor der alten Kirche Santa Maria del Rosario wie leer gefegt. Ein alter Mann sucht Kühlung im Schatten eines Baumes. Nichts rührt sich.

Ein Ort, in dem der Reisende nicht gern verweilt. Wenn überhaupt, so will er vielleicht den Namen wissen, will wissen, ob die alte Wasserleitung schon zu Tarent gehört oder nicht und welches wohl der schnellste Weg in die Stadt des Goldes ist...

So mag es auch dem Mann gegangen sein, der den ersten, der ihm begegnete, fragte, eben jenen alten Herrn, wie denn der Ort wohl hieße.

„Statte, *cumpà*", war die freundliche Antwort, die der andere völlig falsch verstand. Schließlich bedeutete *„statte"* im Tarentiner Dialekt so viel wie „bleib hier".

„Nein, danke", erwiderte er. „Ich muss weiter, will nur wissen, wie der Ort heißt!"

„Statte, *cumpà!"*

„Der Name!" rief der Fremde genervt, und es fehlte nicht viel, und er hätte die Hände in ehrlicher Verzweiflung gerungen.

„Statte, *cumpà!"* Die Antwort klang nicht weniger genervt und gleichzeitig verständnislos.

„Nein, nein", wehrte der Mann ab, „ich habe nun wirklich keine Zeit!" Und er beeilte sich, den für ihn noch immer namenlosen Ort zu verlassen. Verstand man hier kein Italienisch?

Eine Frage, die sich auch der freundliche Bewohner Stattes stellte. Kopfschüttelnd rief er dem Fremden nach: „Statte, *cumpà*, der Name ist Statte!"

Aber das hörte der andere schon nicht mehr...

# Brillenkauf

In einem netten, gemütlichen kleinen Ort in Apulien saß der alte Nicola gern vor seiner Lieblingsbar an der Piazza. Hier konnte er seinen *caffè* trinken, seinen Wein zu späterer Stunde, hier konnte er die Leute beobachten, einen Schwatz halten, hier bekam das Leben für den alten Mann wieder einen Sinn.

Gegenüber der Bar war die Apotheke. Sie gehörte Dr. Oronzo Bianchi, der jeden Morgen, wenn er das stählerne Rolltor hochschob, zu Nicola hinüber grüßte.

Nicola fühlte sich geehrt und beachtet durch diesen Gruß. Schließlich war er ja nur ein Bauer, einer, der längst dem Arbeitsleben *„ciao"* gesagt hatte. Aber er konnte die Hand heben und Dottore Oronzo mit einer freundlichen Handbewegung grüßen, als wäre er königlicher Abstammung.

Der Apotheker zog eine Bank aus der Apotheke und rückte sie vor dem Schaufenster zurecht. Dann schloss er noch einmal die Tür ab und ging nach nebenan zum Zeitungshändler Arcangelo, der ihm schon seine Zeitungen entgegenhielt, *La Repubblica* und *La Gazetta dello Sport*.

Nicola konnte den Blick nicht wenden. Er beobachtete den verehrten Dottore nun schon so lange, und jeden Tag holte dieser seine Zeitungen, schloss die Apotheke wieder auf, nahm Platz auf seiner schönen Bank vor dem Schaufenster, setzte seine Brille auf und las die Zeitung. Er sah ja so klug aus mit dieser Brille.

Der Barista Pippo servierte seinem Stammgast einen frischen *caffè*, einen weiteren brachte er rasch über die Piazza auf die andere Seite zum Apotheker, der wenige Minuten später seine Zeitungen zusammenlegte, die Brille von der Nase nahm und in der Apotheke verschwand.

Nicola seufzte. Ach, er war ja so voller Bewunderung für den Dottore und auch ein bisschen neidisch.

Aber er wusste auch, was er zu tun hatte, um wenigstens ein kleines bisschen von seinem Neid zu verlieren.

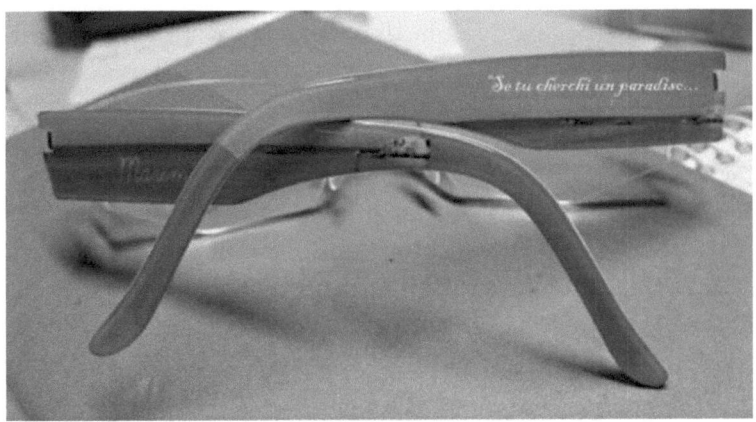

Nicola ging zum Augenarzt. „Dottore, ich sehe immer, wie Dottore Oronzo, der Apotheker, seine Brille aufsetzt und dann ganz wunderbar seine Zeitung lesen kann. So eine Brille möchte ich auch haben!"

Der Augenarzt hatte Verständnis und untersuchte zuerst einmal Nicolas Augen. Dann kam der schwierigste Teil. Eine Brillenstärke nach der anderen setzte der Arzt in das Vario-Gestell ein und zeigte auf die Zahlenreihen, die auf der Lichttafel an der Wand erschienen.

„Jetzt kannst du die Zahlen aber lesen, Nicola", meinte der Arzt nach dem, ich weiß nicht, wievielten erfolglosen Versuch.

Aber Nicola schüttelte den Kopf.

„Deine Augen sind in Ordnung", erinnerte ihn der Arzt mit einem schweren Seufzer. „Du musst jetzt die Zahlen gut erkennen können!"

Dann fiel ihm ein, dass Nicola vielleicht gar nicht auf das Lichtbild blickte, weil er ja ganz schrecklich aufgeregt und nervös war. Deshalb nahm er einen Übungstext aus der Schublade, der in verschiedenen Schriftgrößen geschrieben war, und drückte ihn Nicola in die Hand.

Eigentlich hätte Nicola den Text auswendig aufsagen müssen. Es war ein Stück aus dem berühmten Gedicht von Giacomo Leopardi, „A Silvia", das in Italien jedes Schulkind lernen muss wie bei uns die Kinder die Gedichte von Goethe und Schiller pauken.

„Lies!", forderte er den Alten auf.

Nicola hob bedauernd die Schultern und schüttelte den Kopf. „Dottore, warum gibst du mir nicht die Brille, die du auch dem Dottore Apotheker gegeben hast?"

Erschüttert begriff der Arzt, was der alte Nicola wirklich wollte. Er nahm das Gestell von der Nase des Alten und schaute ihn voller Mitgefühl an.

„Die Brille vom Apotheker hilft dir nicht, Nicola", erklärte er vorsichtig und bedauernd. „Die Brille muss zu dir passen – aber..." Er machte eine kleine Pause.

„Sag schon, Dottore!", drängte Nicola. „Ist dieses Ding so teuer? Oder warum willst du sie mir nicht geben?"

Der Arzt seufzte noch einmal. „Sag mal, Nicola", fragte er endlich, „hast du denn jemals Lesen gelernt?"

Wie erstarrt sah der Alte den Arzt an. Es dauerte einen Moment, bis er antwortete. „Nein, warum auch! Dafür brauche ich doch die Brille vom Dottore Apotheker!"

Es war keine leichte Aufgabe für den Arzt, dem Alten klarzumachen, dass es keine Zauberbrillen gab.

Mit gesenktem Kopf verließ der alte Nicola die Arztpraxis.

Ein paar Tage ließ er sich nicht in seiner Bar an der Piazza sehen, so betroffen war er.

Glücklich war er erst wieder, als er ungefähr zwei Wochen später ausgerechnet den von ihm so bewunderten Dottore Oronzo im Kartenspiel besiegte.

Und dafür hat Nicola keine Brille gebraucht.

# Miou und die Unaussprechlichen

Miou war die zauberhafteste Katzendame, die man sich vorstellen konnte: bildschön und schlank mit kohlpechrabenschwarzem glänzenden Fell, in dem es nicht ein einziges weißes Härchen gab, dazu ausdrucksvolle tiefgründige grüne Augen, die ausschauten, als blickten sie in die menschlichen Seelen.

Anhänglich war sie, die schöne Miou, deren majestätischer Gang jeden begeisterte, der ihr begegnete – und den die Katzenprinzessin selbstverständlich nicht beachtete.

Miou liebte Anna, ihre Dosenöffnerin, ganz besonders. Auch Annas Mama Elena war ihr angenehm und durfte ihr so manche Mahlzeit reichen. Leider aber akzeptierte sie niemand anderen, schon gar nicht zum Streicheln.

Kam Besuch, so beobachtete Miou von ihrem Kissen aus die Störung ihrer höchst eigenen, normalerweise paradiesischen Katzenwelt voller Misstrauen, das bisweilen in schiere Wut umschlug.

Das geschah immer dann, wenn Francesca, Annas zukünftige Schwiegermutter, die man Checchina nannte, was im venezianischen „kleines Hühnchen" bedeutet, die Braut ihres Sohnes samt Familie besuchte.

Checchina bekreuzigte sich regelmäßig und sichtbar empört und rief im höchsten Diskant: „Dieses schreckliche schwarze Biest, diese teuflische Katze! Sie bringt Unglück! Sieben Jahre Pech werdet ihr haben!"

Miou musterte sie mit langem und durchdringendem Blick und beschloss, die ihr so unfreundlich gesinnte Dame in die Reihe ihrer persönlichen Feinde aufzunehmen. Die edle kleine Katzendame zeigte sich fortan von ihrer teuflischen Seite, knurrte laut in den gefährlichsten Tönen, tat, als wollte sie beißen, zumindest aber kratzen – was zu schlimmen Auseinandersetzungen zwischen Anna und Checchina führte, die auch von Mama Elenas Güte kaum geschlichtet werden konnten.

Was immer Checchina sagte, Anna mochte der zukünftigen Schwiegermutter nicht nachgeben und weigerte sich standhaft, sich von ihrem Liebling zu trennen. Zu Checchinas Verdruss stand ihr Sohn Berto seiner Verlobten bei – was Miou mit Wohlwollen honorierte und sich nach einigen vorsichtigen Versuchen auch von ihm zärtlich streicheln ließ.

Und dann kam der Tag, an dem das geschah, was um ein Haar Annas und Bertos Hochzeit verhindert und die beiden um die vielen langen schönen und erfüllten Ehejahre und zwei prächtige Söhne gebracht hätte.

Anna hatte Checchina gebeten, ausnahmsweise für Miou das Futter zu bereiten, weil sie mit Mama Elena zum Arzt fahren musste. Sehr unwillig hatte ihre Schwiegermutter zugestimmt. Nein sagen ging nicht, es handelte sich ja um eine Art Nothilfe innerhalb der Familie, wenn auch der zukünftigen. Eine Weigerung war also völlig ausgeschlossen. Weil sie nun mal nicht gerade Mious beste Freundin – eher die beste Feindin – war, beschloss sie, zuerst Mama Elenas Küche in Ordnung zu bringen und erst dann die schwarze Bestie zu füttern.

Womit Miou keinesfalls einverstanden war. Immerhin hatte sie einen katzenmäßigen Hunger und war ziemlich wütend ob dieser überdeutlichen Missachtung ihres Katzendaseins. War sie, Miou, nicht die eigentliche Herrin im Haus?

Checchina spülte gerade das Frühstücksgeschirr und hätte dabei fast gesungen, wenn sie denn hätte singen können, als sich Miou unhörbar anschlich und sie noch einen winzigen Moment beobachtete, ehe sie hinterrücks unter den wippenden Rock ihrer Feindin sprang, irgendetwas darunter erhaschte, festkrallte und heftig daran zog.

Erschrocken schreiend fuhr Checchina herum und trat wutentbrannt nach Miou, ohne sie jedoch zu treffen. Das teuflische Kätzchen ließ das, was es einmal fest gepackt hatte, nicht los und zerrte heftig daran.

Und so schaute Checchina vor Scham und Entsetzen zuerst erblassend und dann errötend zu, wie sich dank Mious scharfer Krallen ihre recht kompakte – Unterhose quasi selbständig machte und der Erdanziehung nicht widerstehen konnte.

Checchina schrie und starrte fassungslos auf das, was nun ihre Füße bedeckte. Sie war nicht fähig, die demütigende Situation zu beenden.

Dass Miou nun noch viel länger, ja, bis zu Annas Rückkehr auf das längst fällige Futter warten musste, war der kleinen Katzendame egal. Sie hatte es ihrer Feindin so richtig gezeigt und rollte sich nun zufrieden, wenn auch mit knurrendem Magen, auf ihrem Lieblingskissen zusammen und tat, als könne sie kein Wässerchen trüben.

Anna und Berto mussten allerdings sehr um ihr Glück kämpfen. Und aller Einwände zum Trotz durfte Miou auch nach der Hochzeit bei ihrer Anna bleiben.

Was die Geschichte von den verlorenen „Unaussprechlichen" angeht, so wird sie bis heute – mehr als sechzig Jahre später – noch immer hinter vorgehaltener Hand und mit viel Gelächter erzählt.

Miou jedenfalls zeigte sich bis ans Ende ihres wunderbar erfüllten Katzenlebens von ihrer besten und anschmiegsamsten Seite...

Für meine Freunde Anna und Berto und ihre wunderbaren und so liebenswerten Mütter.

# Der Geist von la Nonna

Benni, Beniamino, ist Italiener. Einer der zweiten Generation, wie es so schön heißt. Er ist in Deutschland geboren und hier aufgewachsen. Aber die Sommerferien verbrachte er bei seiner Oma in Apulien. Wenn seine Eltern mitfahren konnten, mieteten sie ein Haus am Meer. Aber Benni war eigentlich viel lieber bei seiner Oma.

Es waren schöne Jahre, in denen er es schaffte, einigermaßen gut Italienisch und den Dialekt seiner Großmutter zu lernen. Und wäre es nach ihm gegangen, hätte das herrliche Leben immer und ewig so weitergehen können.

Doch dann starb die alte Signora Maria, und Benni ließ alles liegen und stehen und flog umgehend nach Italien zur Beerdigung seiner geliebten Oma, von der er sich nicht einmal mehr hatte verabschieden können.

Aber da war ihr Haus, in dem er sich immer so wohl gefühlt hatte. Benni beschloss, dort zu wohnen, wo er sich der Oma besonders nahe fühlte.

Was die Verwandten, Onkel, Tanten und Cousins, nicht verstanden.

„Hast du keine Angst?", fragte einer nach dem andern. „So ganz allein im Haus einer Toten, und ihr Geist..."

Benni lachte – zum ersten Mal seit dem Tod von Signora Maria. Ja, seine lieben italienischen Freunde und Verwandten! Ihre Gedanken in Sachen Geisterbeschwörung, Aberglaube und Mystik konnte er nun gar nicht nachvollziehen!

Von Geistern hatte er noch nie etwas gehalten. Damit wollte er auch jetzt nicht anfangen! Kopfschüttelnd ging er über die besorgten Mienen und das beschwörende Gemurmel vor allem der älteren Verwandten hinweg.

War er schon zu – zu Deutsch geworden, zu weit weg von den Traditionen seiner italienischen Heimat?

Nach der Beerdigung – er war gerade noch pünktlich im Dorf angekommen – nahm er den neuen, von seiner Mutter höchstpersönlich gepackten Koffer und ging mit heftigem Herzklopfen auf das Haus seiner Großmutter zu. Er begrüßte jedes Zimmer, strich über Sessellehnen, über Bilderrahmen und Häkeldeckchen und spürte überall die Gegenwart Signora Marias, eine sanfte stumme Gegenwart. Benni hatte das Gefühl nach Hause gekommen zu sein.

Es dauerte eine Weile, bis er seine Trauer im Griff hatte und in sein altes Jungenzimmer gehen konnte, zu schwer fiel es ihm, sich von den Erinnerungen zu lösen.

Als er seinen Koffer auspackte, entdeckte Benni, dass seine Mutter ihm diese entsetzlich hässliche kurze Hose eingepackt hatte, das letzte Geburtstagsgeschenk seiner verstorbenen Oma und das einzige, das er überhaupt nicht mochte. Er wusste nicht, ob er lachen oder wütend sein sollte auf seine Mutter.

*„Scusa, nonna* – entschuldige, Oma", sagte er leise vor sich hin und beschloss, das verhasste Kleidungsstück im Koffer zu lassen, den er auf dem alten Kleiderschrank platzierte.

In den nächsten Tagen schwand die Trauer und machte der liebevollen Erinnerung an die Verstorbene Platz. Die jungen Leute drängte es wieder an den Strand und zu fröhlichen Unternehmungen, und Benni machte gern mit. Natürlich in der Kleidung, die er liebte und die weder Mutter noch Oma gern an ihm sahen.

Regelmäßig traf sich Benni mit seinen Cousins und seinen Freunden am Strand, und sie feierten so richtig kräftig ab. Da er keinen Alkohol trank, spielte er gern den Fahrer und brachte alle sicher nach Hause. Er stellte sein Auto, Großmutters alten klappernden Kleinwagen, auf dem Parkplatz ab und ging die letzten Meter zu Fuß zu ihrem Haus.

Benni hätte nicht sagen können, was an diesem Abend anders war als in den letzten Tagen. Unheimlich war es, na, zumindest ein bisschen. Es war stockdunkel, und in den engen Gässchen waren nicht einmal mehr Hunde und Katzen unterwegs. Der Wind ließ die Rolltore vor Geschäften und Garagen klappern, dass man meinte, die ganze Unterwelt wäre auf den Beinen.

Blödsinn, sagte sich Benni. Seine Freunde in Deutschland würden darüber bloß lachen. Und bisher hatte er ja auch noch nichts von Geistern gespürt!

Im Haus angekommen, beschloss er, diesmal nicht in seinem Jungenzimmer zu schlafen. Omas Bett war schön breit, und er war ziemlich müde und suchte irgendwie Nähe, ihre Nähe. Sie hätte bestimmt nichts dagegen gehabt, dass er ihr Bett benutzte.

Benni schlief rasch ein, aber es war ein unruhiger Schlaf. Schon gegen sechs Uhr erwachte er mit dem Gefühl, dass etwas ganz und gar nicht stimmte.

Und dann wusste er auch, was es war!

Als er sich nach der Heimkehr ins Bett legte, trug er nur seine – Entschuldigung – *mutande*, seine Unterhose. Jetzt, beim Wachwerden, hatte er doch tatsächlich diese unmögliche alberne kurze Hose an, die seine Mutter eingepackt und die er in die unterste Ecke seines Koffers verbannt hatte.

Wer hatte sie ihm angezogen? Der Geist der Signora Maria vielleicht? Hatten ihn nicht alle vor dem Haus der Toten gewarnt?

Fassungslos betrachtete sich Benni im Spiegel. Das – das würde ihm doch niemand glauben! Also, in Deutschland würden sie ihn garantiert auslachen und ihn einen spinnerten Märchenonkel nennen! Und in Apulien?

Benni war die ganze Geschichte so unheimlich, dass er die nächste Nacht nicht allein in dem Haus verbringen wollte.

Er vertraute sich seinem Cousin Carlo an und bat ihn um Unterstützung.

Doch Carlo weigerte sich strikt. „Beniamino, hättest du auf uns gehört, stünden wir nicht vor dem Problem. Ich will mir gar nicht vorstellen, was in der Nacht da noch so alles passieren könnte. Aber du kannst gern zu uns kommen."

Die Einladung nahm Benni diesmal an und zog umgehend zu Tante Rosa und Onkel Tonio.

„Hast du nun doch Angst?", fragte Tante Rosa mit einem ganz besonderen Lächeln.

„Nein", erwiderte Benni unwirsch, „nur Respekt!"

Respekt vor seiner verstorbenen Großmama, Respekt vor dem Aberglauben seiner Landsleute – und Respekt vor seinem mulmigen Gefühl.

Und das hielt an. Schließlich wusste er bis zu seiner Abreise, nein, bis heute nicht, wie er in die Hose gekommen war.

Nach einem Erlebnis von Beniamin O.

# Ein Brindisi aufs Jubelpaar

In einem kleinen Dorf ganz im Süden der salentinischen Halbinsel lebten Imma und Mimmo seit ewigen Zeiten zusammen. So richtig gezählt haben sie nicht die Jahre ihrer Ehe, aber die Zahl ihrer Kinder und ihrer Enkel.

Acht Kinder hatte Imma ihrem Mann geboren, fünf Jungen und drei Mädchen. Aus allen war etwas geworden, und alle hatten geheiratet und den Eltern ein Enkelkind nach dem anderen geschenkt.

Imma und Mimmo hatten ihren Ältesten und seine kleine Familie betrauert. Pino, Anna und die beiden Kinder Mimmino und Lara waren bei einem Autounfall ums Leben gekommen. Der Schmerz saß immer noch sehr tief.

Und dass vier ihrer Kinder ins Ausland gegangen waren, war sehr schwer zu verkraften. Imma verlor bittere Tränen, wenn sie an ihre Kinder dachte.

Elena lebte mit ihrer Familie in Mailand. In den Schulferien kam sie gern nach Hause.

Luciano hatte den kleinen Lebensmittelladen seiner Schwiegereltern übernommen und war mit seiner Frau und der kleinen Antonietta nach Maglie gezogen.

Nur die kinderlose Colatina lebte mit ihrem Mann im Elternhaus und litt unter der Sehnsucht der Mutter.

Aber damit musste jetzt Schluss sein!, hatte sie sich vorgenommen und ihren Geschwistern die Hölle heiß gemacht. Schließlich sollte die Goldene Hochzeit der Eltern ein großes Fest der Freude werden, bei dem bitteschön alle, also wirklich alle anzutreten hatten.

Und das versprachen die Geschwister gern.

Gefeiert werden sollte in einer schönen Masseria, einem Gutshof, der nicht nur wunderschön lag und für seine

Küche bekannt war, sondern auch genügend Zimmer für die vielen Gäste hatte.

Stefano, seine Frau Dana und die Kinder Piero, der jetzt Pete hieß, und Salvatore reisten gemeinsam mit Mario, seiner Sabina und der kleinen Lorella aus Amerika an. Angelo, Rosa und die Kinder Paolo, Sara und Baby Madia kamen aus Frankreich. Angelina kehrte mit ihrem Giuseppe und der süßen Giannina gleich für ein paar Urlaubswochen der neuen Heimat Deutschland den Rücken.

Imma und Mimmo strahlten vor Glück. Geschenke oder eine Feier – nein, die brauchten sie nicht mehr!

Aber da kannten sie Colatina schlecht! Sie hatte mit ihrem Mann die Fäden in der Hand. Berto hatte die schönen goldgedruckten Einladungskarten an all ihre Verwandten und Freunde geschickt, so dass eine unglaublich große Gästezahl zu erwarten war.

Am Ende drängten sich fast siebzig Personen um einen ellenlangen L-förmig aufgestellten Tisch und ließen das Paar hochleben.

Imma konnte ihre Tränen kaum zurückhalten und hatte Mühe, nicht zu schluchzen. Auch Mimmo wischte sich immer wieder diskret über die Augen.

Um halb zwei am Mittag wurde die erste Antipastiplatte serviert. Noch während die Kellner den Gästen bei der Auswahl halfen, sprang Imma auf.

„Ihr Lieben, stoßen wir an auf diesen schönen Tag, der uns so fröhlich zusammengebracht hat!"

Sie hob den Gästen ihr Proseccoglas entgegen und trank es mit einem Schluck leer. Mit einem glücklichen Seufzer fiel sie auf ihren Stuhl zurück. Fröhlicher Beifall wurde laut. Einer der Kellner schenkte Sekt in Immas Glas – vorsichtshalber nur einen Schluck.

Im nächsten Moment fiel der Goldbraut ein, dass sie etwas Wichtiges vergessen hatte. Wieder sprang sie auf und riss ihr Glas hoch.

„*Un brindisi* – einen Toast auf den besten aller Ehemänner!", rief sie mit Tränen in der Stimme. „Ich danke dir, *carissimo* Mimmo, dass du es schon so lange mit mir ausgehalten hast!"

Unter großem Beifall und „*brava*"-Rufen leerte Imma ihr Glas.

Mimmo wollte nicht zurückstehen. Er küsste seine Imma und griff nach seinem Prosecco.

„*Un brindisi* auf das goldene Herz meiner Frau!" Tiefe Liebe klang in seiner Stimme mit. „Ihr verdanke ich einen ganzen Stall voller wunderbarer Kinder, Schwiegerkinder und Enkel!"

Jubelnd klatschten die Gäste – natürlich erst nach dem nächsten Schluck Prosecco.

Was nun geschah, ließ das Küchenpersonal schier verzweifeln. Die Gäste kamen kaum zum Essen all der herrlichen Köstlichkeiten. Einer nach dem anderen sprach einen

Toast auf das Goldpaar aus, auf ihr schönes gemeinsames und manchmal aber auch beschwerliches Leben, auf die Kinder und das Glück, das sie den Eltern schenkten. Auch der verstorbene Pino und seine Familie wurden nicht vergessen. Das war die Idee von Großtante Margherita gewesen, die, damit gar nicht erst Trübsal aufkommen konnte, rasch den nächsten Toast auf alle ausbrachte, die den Weg voraus ins Paradies gegangen waren und die ganz bestimmt heute zufrieden auf die Gästeschar schauten.

Tante Zita, eine Matrone aus der entfernteren Verwandtschaft, die ihr geliebtes Sizilien zu Ehren der Goldhochzeiter verlassen hatte, erzählte in launigen Worten, wie einst der schöne Mimmo um die noch schönere Imma freite. Dass dabei nette kleine Familiengeheimnisse herauskamen erfreute Familie wie Freunde.

Zum Glück reichte die Zeit, dass zumindest die restlichen Antipasti den Weg in die sicher hungrigen und aufnahmefähigen Mägen fanden.

Die nächste Rede, es war Gianni, der älteste Schwiegersohn, war lang genug, dass der erste Gang warm gegessen werden konnte. Es waren *paccheri*, kurze sehr dicke Nudelröhren, die mit einem Ragù gefüllt waren, auf einem Bett aus sehr fein geschnittenem Gemüse.

Gianni dankte den Schwiegereltern für ihre Liebe und Zuneigung, die sie auch den Schwiegersöhnen und –töchtern stets vorbehaltlos entgegen gebracht hatten.

Wieder war Imma zu Tränen gerührt. Sie hob ihr Glas – diesmal das Weinglas mit dem dunkelrot schillernden Primitivo –, umarmte Gianni, hielt ihn am Arm fest und rief den Gästen zu: *„Un brindisi, no, non solo un brindisi –* nicht nur einen Toast für meine geliebten Kinder!"

Wieder leerte sie das Glas und hielt es vergnügt dem Kellner entgegen.

Mimmo war an der Reihe, dann die Töchter, jede einzeln, eine Cousine, ein Cousin...

Es ging schon auf siebzehn Uhr zu, als man sich endlich höchst beschwingt dem Nachtisch näherte: eine flambierte Obstschale und Eis für die Kinder.

Der nächste Toast galt der Küche, den Kellnern, dem Besitzer der Masseria, der Zukunft und – und – und... Mimmo achtete mittlerweile darauf, dass seine Imma bei jedem Trinkspruch nur noch kleine Schlückchen trank. Er selbst hielt sich auch daran und war glücklich, als er eine Flasche Mineralwasser in die Finger bekam.

„*Carissima*, wir müssen aufpassen, sonst liegen wir vor unseren Gästen unter dem Tisch", flüsterte er Imma zu.

„Mimmino, *tesoro mio* – mein Schatz, das wird nicht passieren", gab sie leise zurück und lächelte. „Ich habe zwischendurch schon Wasser getrunken."

Es folgten noch ein paar Trinksprüche der Gäste, die bisher keine Gelegenheit zu einem Toast hatten.

„Ich bin aber jetzt endlich auch mal dran!", meldete sich Giannina mit vom Eis verschmiertem Mündchen zu Wort. Die Sechsjährige sprach ein drolliges Italienisch, dem man den deutschen Akzent anhörte. Zu lange lebte sie schon mit den Eltern in Deutschland.

Alles lachte.

„Komm, *bambina mia*", bat Imma weich. „Ich möchte dich hören!"

Giannina nahm ihr Sektglas mit dem Mineralwasser und ihre kleine Stoffkatze mit. Als sie zwischen ihren Großeltern stand, stieß sie mit beiden an, was allein schon zu großem Beifall führte, gaben die Drei doch ein bezauberndes Bild ab.

„*Nonna* Imma und *nonno* Mimmo, ihr seid die besten Großeltern der Welt", sagte Giannina mit heller Stimme und im Brustton der Überzeugung. „Ich möchte, dass wir noch ganz viele tolle Sachen zusammen machen!"

Imma umarmte die Kleine, Mimmo legte seine starken Arme um Frau und Enkelin, und plötzlich schluchzten sie gemeinsam um die Wette. Den Beifall von Familie und Freunden nahmen sie nicht wahr, und sie sahen auch nicht, dass so manches Tränchen verdrückt wurde.

Immas Freundin Annalena brachte nun die Bonbonieren, goldfarbene Päckchen mit den Glücksmandeln. Auf den Päckchen waren kleine Bilderrahmen mit dem Foto des Jubelpaares befestigt. Schleifen in Gold und Weiß und goldfarbene Seidenröschen rundeten das hübsche Gebilde ab.

„Schau, Imma, die Bonbonnieren haben wir gemeinsam, deine Nachbarinnen und ich, mit Hilfe von Colatina gemacht. Habt alle Freude daran!"

Der nächste Toast war fällig. Weder das Goldbrautpaar noch die Gäste wurden müde, immer wieder neue Sprüche und neue Wünsche zu finden, die man begießen musste.

Endlich brachte der Oberkellner auf einem Wagen die Festtorte, die den Abschluss des Festes bildete.

Dreistöckig war sie und mit vergoldeten Mandeln bestückt. Auf der ersten Etage reihten sich goldene verschlungen Ringe um die Torte. Die zweite Etage zierte das Hochzeitsdatum und die Anfangsbuchstaben der Namen in goldenem Zuckerguss. Und auf der obersten Etage stand eine kleine Bank mit einem entzückenden Brautpaar, dem man ansah, dass es schon eine Reihe von Jahren hinter sich hatte.

So eine schöne Torte hatte die Festgesellschaft noch nie gesehen.

Tränen des Glücks vergoss Imma, als sie gemeinsam mit ihrem Mimmo den ersten Schnitt tat – so wie vor fünfzig Jahren.

Als der Kuchen verteilt war, hoben Imma und Mimmo gemeinsam ihre Gläser zu einem letzten *brindisi*. Unter dem Beifall und dem fröhlichen Gelächter aller brachte der Goldhochzeiter seine Goldbraut hinaus.

„Der Rest geht euch nichts an!", ließ er seine Gäste wissen.

Und seine Goldbraut errötete wie ein junges Mädchen.

# Begegnung mit der anderen Welt

Es geschah vor vielen Jahren. So erzählte mir Giuseppe. Er war noch ein Kind und lebte in einem kleinen Dorf im Süden des italienischen Stiefels, als sich folgende Geschichte zutrug.

Dass die Friedhöfe vor allem im Süden Italiens sich von den deutschen sehr unterscheiden, weiß man ja inzwischen. Da unten baut man kleine Häuser. Und wer das Geld nicht dafür hat, spart wenigstens für einen steinernen Sarkophag, damit er nicht in die – na, sagen wir: Schubladengräber kommt.

Um so einen Sarkophag dreht sich Giuseppes Geschichte, die wirklich passiert ist.

Es war ein typisch heißer Sommer, und auf dem Friedhof außerhalb des Dorfes wurde gearbeitet. An einer Grabstätte stand schon der steinerne Sarkophag, offen natürlich, und leer. Weil es in dem Steintrog angenehm kühl war, stellte Antonio, der Maurer, seine Wasserflasche hinein. Zur Mittagszeit ging er nach Hause. Erst am späten Nachmittag kam er zurück, um weiter zu arbeiten.

Luciano, der Friedhofsgärtner, hatte ebenfalls Mittagspause gemacht, war aber nicht heimgegangen. Nach dem Essen suchte er ein ruhiges und kühles Plätzchen für seinen Mittagsschlaf. Und das fand er in jenem Sarkophag, der ja noch unbewohnt war.

Irgendwie musste er sich verschlafen haben. Er wurde erst wach, als sich Schritte näherten, und er machte sich vorsichtshalber mal ganz klein. Schließlich wollte er nicht beim Faulenzen erwischt werden.

Es war Antonio, der schon wieder reichlich gegraben und gemauert hatte, was in der Sommerhitze zu einem ordentlichen Durst führte. Ohne in den Sarkophag zu schauen, griff er nach seiner Wasserflasche.

Da streckte sich ihm eine kühle Hand entgegen.

Sein Gesicht hätte ich gern gesehen, als Luciano mit seinen mittlerweile grabeskühlen Fingern nach Antonios heißer Hand griff und sie leicht drückte – wie ein Gruß aus dem Jenseits!

Zu Tode erschrocken rannte Antonio davon, als wären tausend Teufel hinter ihm her. Auf dem ganzen Weg zum Dorf schrie er: „Er hat mich angefasst! Der Tod hat mich angefasst!"

Antonio war nicht dazu zu bewegen, noch einmal auf den Friedhof zurückzukehren. Und es dauerte sehr lange, bis er bereit war zu glauben, dass es nicht der Tod sondern sein Freund Luciano war, der ihm diesen Schrecken eingejagt hatte.

Die Kinder des Dorfes – auch Giuseppe – hatte diese „Begegnung mit der anderen Welt" sehr beeindruckt. Und sie waren sich nie sicher, welche Version nun der Wahrheit entsprach, die vom Gevatter Tod oder die vom gerade erwachten Gärtner... –

Giuseppe war als junger Mann nach Deutschland gekommen. Viele Jahre führte er eine gemütliche Pizzeria, in der ich seine Geschichte, mit der er sich ein liebenswertes Denkmal geschaffen hatte, vor seinen Gästen lesen durfte.

Wenn ich heute an ihn denke, sehe ich den kleinen Giuseppe vor mir, barfuß und in kurzen Hosen und voller Zweifel, ob er nun Angst haben sollte oder nicht.

Danke, Giuseppe, dass ich an deiner Erinnerung teilhaben durfte!

# Die Geister, die ich niemals rief...

Dies ist eine Geschichte nach einer wahren Begebenheit, geschehen in einem Dorf mitten in Apulien, wie sie mir eine Freundin erzählt hat. Nur ein kleines bisschen habe ich sie ausgeschmückt und die Namen verändert.

Es war alles schrecklich traurig. Giuseppe war tot, gestorben an diesem Frühlingsmorgen, und daran war nichts zu ändern. Fast fünfzig Jahre waren er und Maria verheiratet gewesen, fast fünfzig glücklich unglückliche oder unglücklich glückliche Jahre. Maria hätte nicht sagen können, ob es Liebe, Glück und Zufriedenheit gewesen waren oder in erster Linie die Gewohnheit, die Kinder und letztlich die Verpflichtung durch ihr Gelöbnis vor Gott und der Kirche.

Nur eines stand fest: Er fehlte ihr, und sie trauerte zutiefst. Sie klammerte sich an ihre Töchter, Maria Giovanna und Maria Peppina, und warf ihrem Sohn Giovannino, der jetzt das Familienoberhaupt war, um Hilfe flehende Blicke zu.

Giovannino war ein guter Sohn. Er hatte die Totenwache so organisiert, wie es sich gehörte. Der verstorbene Vater war im Wohnzimmer der kleinen Behausung aufgebahrt, von wo aus er nach Abschluss aller Gebete am nächsten Morgen zur Kirche gebracht und anschließend beerdigt werden sollte. Kerzen und Blumen standen um den Sarg herum.

*Mamma* hatte ihren Platz am offenen Sarg gefunden, betreut von ihren Töchtern. In einer Ecke des Zimmers hatten die Enkel ihr Spielzeug ausgepackt und spielten erstaunlicherweise sehr leise und sehr diszipliniert.

Die Schwiegersöhne begrüßten an der Wohnzimmertür die Freunde und Nachbarn, die der Witwe ihre Aufwartung machen und mit ihr um den Verstorbenen weinen wollten. Nur die Kerzen beleuchteten flackernd die fast unwirkliche Szenerie. Kein anderes Licht war erlaubt. Murmelnde Gebete und leises Schluchzen waren bis auf die Straße zu hören. Schließlich hatte man die Haustüre aufgelassen, um allen die Möglichkeit zu geben, den Toten noch einmal zu sehen. Und die Gebete durften nicht unterbrochen werden. Solange der Sarg noch geöffnet war, bestand nämlich die große Gefahr, dass die Geister den Leichnam stahlen, noch ehe die Seele des lieben Giuseppe getragen von den Gebeten der Trauernden ins Paradies hinaufgestiegen war.

Dann kam der Moment, als Maria ihren verstorbenen Mann und die Betenden nur für einen kleinen sehr menschlichen Moment verlassen musste. Durch die Dunkelheit tastete sie sich durch den Flur bis zur Toilette gleich neben der Haustüre.

Um ein klein wenig Licht von der Straßenlaterne zu erhaschen, ließ sie die Tür einen Spalt offen, zumal es stets Schwierigkeiten gab, sie wieder zu öffnen, wenn man sie nicht gerade sanft geschlossen hatte. Giuseppe hatte es nicht mehr geschafft, sie zu reparieren.

Ein neuer Trauergast kam, stieß sich an der Türklinke der Toilettentür und drückte sie, leicht erbost ob des Schmerzes, heftig ins Schloss.

Maria war gefangen.

Sie klopfte, sie rief – doch niemand hörte sie. Aus dem Wohnzimmer schallten fromme Bittgesänge herüber, und sie wusste, dass sie warten musste, bis die Gebete zu Ende waren.

Erst als die Gesänge leiser wurden und sich in leisem Murmeln verloren, versuchte es Maria noch einmal. Sie klopfte, trat gegen die Tür und rief, so laut sie konnte, nach ihrem Sohn.

Die Trauergäste erschraken, schlugen die Hände vors Gesicht, als könnten sie sich dahinter verstecken. „O mein Gott, die Geister! Sie kommen, Giuseppe zu holen! Vater unser, lass es nicht zu, Vater unser..." Maria schrie aus Leibeskräften. „O Gott, ich bin doch kein Geist! Ich bin Maria!" Wieder klopfte sie wild. „Holt mich hier raus!"

Endlich wagte es Giovannino, die Toilettentür zu öffnen. Als Maria nun das Wohnzimmer wieder betrat, wichen alle zurück und betrachteten sie misstrauisch. Jede ihrer Bewegungen registrierte man und achtete darauf, wie sie an den Sarg ihres Mannes trat und was sie dort tat.

Ob sie nicht doch ein Geist war? Die Kinder sahen erschrocken auf und ließen ihre Spielzeuge fallen.

„Giuseppe *mio*", flüsterte Maria unter unglücklichstem Schluchzen, „sie glauben mir nicht!"

Die nächsten Tage wurden schwer und schwerer für die arme Maria. Das helle Misstrauen ihrer Nachbarn erreichte sie durch den Mantel der Trauer sowohl in der Kirche als auch auf dem Friedhof. Man schlug ein Kreuz, wenn man ihr begegnete oder ihr gar die Hand reichen sollte. Und es wurde auch bekannt, dass die Frau des Bäckers ihre Hände nach der letzten Trauerbekundung in Weihwasser gewaschen hatte.

Es dauerte noch eine ganze Weile, ja, sogar eine ganze Reihe von Tagen, bis die Dorfbewohner in Maria wieder die echte Witwe des verstorbenen Giuseppe sahen.

Oder vielleicht auch nicht...

# Willst du mal die Toten sehen?

Friedhöfe sind ein ganz besonderes Pflaster. Die Stätten der Ruhe und des Friedens sagen unendlich viel aus über Leben und Tod der Menschen in diesem oder jenem Land, über Weltanschauung und Traditionen. Viele Friedhöfe Italiens sind kleine Villenstädte außerhalb der Stadtgrenzen. Auch in Alberobello, der schönen Trullistadt liegt der Friedhof am Stadtrand. Hier findet man allerdings keine Trulli.

„Das musst du verstehen", sagte meine Freundin Maria, die ich zur Grabstätte ihres Mannes begleitete. „Im Tod sind alle Menschen gleich. Die Trulli sind viele Jahre ein Zeichen der Armut gewesen. Da wollten die Leute wenigstens im Tod ein normales Grab haben."

In Recanati stand ich vor dem Grabmal des großen Tenors Benjamino Gigli, eine Pyramide, in der ein Gästebuch für die Besucher ausliegt und ein Zettelkasten, in dem man Wünsche hinterlassen kann. Es war ein eigenartiges Erlebnis. Ja, auch ich habe einen Gruß und einen Wunsch aufgeschrieben und in der Box hinterlassen. Wer die vielen Zettel wohl lesen mag?

In Mailand besuchte ich die Tomba von Giuseppe Verdi und seiner zweiten Frau Giuseppina Strepponi. Sie liegt wunderschön und pompös in der Kapelle im Garten der *Casa di Riposo*, dem von ihm gegründeten Altersheim für verarmte Musiker. Aus dem Haus erklang verdianische Musik und die hörbar alten Stimmen, die sein „*Va pensiero*" sangen. Das war Gänsehaut-Feeling pur, um es auf Neudeutsch zu sagen. Auch hier konnte ich einen Gruß hinterlassen.

Von Stund' an besuchte ich italienische Friedhöfe und führte auch deutsche Freunde hin, die oft aus dem Staunen nicht mehr herauskamen.

Recanati

Es war in Manduria. Außerhalb des Ortes natürlich. Mit zwei Freundinnen, Anne und Christel, besuchten wir den alten Friedhof, der auch einen sehr modernen Teil besitzt, wie man mir erzählt hatte.

An der Friedhofsmauer, rechts und links des großen Portals waren riesige Blumengebinde aufgestellt worden. Offenbar war für den nächsten Tag eine Beerdigung vorgesehen.

Ich kannte die moderne Art der Gräber noch nicht und wollte mir diesen Teil des Friedhofs anschauen. Anne blieb dabei an meiner Seite, während mein Mann Christel den alten Teil mit den villenähnlichen Familiengrabstätten zeigte.

Was mich überraschte: Neben den üblichen Wandgräbern sah ich ein ganzes Feld mit einer Art Urnengräbern, die alle mit elektrischen Lämpchen bestückt waren.

„Das sieht fast aus wie in Deutschland", meinte Anne.

„Ich verstehe es nicht", erwiderte ich. „Urnengräber sind in Italien eher selten. Und hier – meine Güte, das sind ja unendlich viele!"

Als der Friedhofswärter kam und mal nachschaute, was die Ausländer da auf seinem Friedhof trieben, fragte ich ihn nach den Urnengräbern.

„*Ma*, Signora", meinte er belustigt, „das sind ganz normale Gräber!"

Wir waren erstaunt und fragten uns, wie das denn ging. Standen die Särge etwa aufrecht? „Nein, nein, sie werden normal beerdigt. Nur die Grabstellen sind klein!"

Mit anderen Worten: Die schmalen Wege zwischen den Grabstellen lagen genau über der unteren Hälfte der Särge, über... den Beinen...

Wir bemühten uns im ersten Schreck, im Storchenschritt eiligst den Kiesweg zu erreichen. Das bedrückende Gefühl, das uns beschlich, ließ unsere Herzen um einiges dumpfer schlagen. Der Friedhofswärter beobachtete uns amüsiert.

Ich wäre am liebsten davon gestürmt, so unangenehm war mir die ganze Sache. Aber mein Mann und Christel waren von ihrem Spaziergang noch nicht zurück. Ich bedankte mich bei dem freundlichen Italiener für seine Erklärungen und strebte eifrig dem Ausgang zu. Wir konnten auch im Auto auf die beiden anderen warten.

„Signora, Sie interessieren sich für unsere Traditionen und für unser Leben?", fragte der Mann mit einem kleinen Lächeln.

„Sehr sogar", gab ich zurück.

„*Beh*", setzte er erneut an und betrachtete uns von oben bis unten, ehe er fortfuhr: „Wollt ihr mal die Toten sehen?"

Meine Verblüffung war unbeschreiblich. Ich wandte mich an Anne, die kein Italienisch sprach. „Möchtest du die Toten sehen?"

„Ja!"

„O mein Gott!" Das hatte ich nicht erwartet.

Später gestand Anne, dass sie an Ausgrabungen oder etwas Ähnliches gedacht hatte. Doch der nette Friedhofswärter führte uns in einen Kühlraum, in dem zwei offene Särge standen.

107

„Morgen gehen sie ihren Letzten Weg", sagte er voller Mitgefühl, jedoch ohne Pathos. „Es waren liebe Menschen!" Sehr vorsichtig wagte ich einen Blick. Mein Fotoapparat, der sonst immer viel zu tun bekam, hatte Pause. Ich wäre mir sehr pietätlos vorgekommen, hätte ich fotografiert.

Im ersten Sarg lag eine alte Dame, die wie eine wunderschöne Puppe aus einer längst vergangenen Zeit aussah. Gepflegt wirkte sie, gut frisiert, schlafend lag ihr Kopf auf dem Spitzenkissen. Ihr schwarzes Kleid aus feinstem Stoff mit einem Kragen aus Klöppelspitze machte deutlich, dass sie aus einer betuchteren Familie stammte. Ihre gefalteten Hände lagen auf einer gestickten Seidendecke. Ein Rosenkranz war um ihre zarten Finger gewunden. Ein feiner Schleier über dem gesamten Sarg schenkte ihr eine gewisse Abgeschiedenheit, eine Intimität, in der ich mich als Störenfried fühlte.

Im zweiten Sarg lag ebenfalls eine alte Dame, die wahrscheinlich nicht älter war, aber viel älter aussah. Ihre Ausstattung war sehr schlicht, ihr Gesicht wirkte noch im Tod gequält. Sie musste sehr gelitten haben. Ihre verarbeiteten Hände mit den viel zu kurzen Nägeln schienen sich in das Baumwolltuch zu krallen. Einen Schleier gab es nicht. Sie war unserer Neugier ausgeliefert und tat mir unendlich leid.

„Ich möchte gehen", sagte ich mit rauer Stimme und schluckte an meinen Tränen.

Wenig später saßen wir im Auto und waren auf dem Weg zu dem Ristorante, in dem wir für den Abend einen Tisch reserviert hatten. Eigentlich hatte ich keinen Hunger mehr. Ich dachte über die beiden Verstorbenen nach, über ihr so unterschiedliches Leben.

Und ich dachte an die Worte meiner Freundin Maria in Alberobello: „Im Tod sind alle Menschen gleich!"

Alberobello

Vielleicht erst nach der Beerdigung…

## Evviva Marina - das Denkmal, an dem sich die Geister scheiden

Zu einer Hafenstadt gehört ein Marinedenkmal, nicht wahr?

In Taranto zeigt es zwei *marinai* – Marinesoldaten, die mit ihren Armen ein doppeltes V und mit den Beinen ein M bildeten.

Als ich das Denkmal bewunderte, sprach mich ein alter Mann an.

„Wem sieht es ähnlich?", fragte er mich und gab sogleich selbst mit verschmitztem Grinsen die Antwort: „Mussolini! Das hat er so gewollt. Und wie heißt das Denkmal?"

Diesmal war ich schneller: „Evviva Marina!"

Verächtlich spuckte der Alte aus: „Evviva Mussolini!"

Grinsend ging er davon und ließ mich ein wenig hilflos und heftig zweifelnd zurück.

Dieser Mussolini – was hatte er der Stadt alles angetan?

# Olivenbaum

Alt und schwer und rissig knorrig,
geborsten, gebogen und gebeugt,
oliv auf satter roter Erde
im Frühjahr sonnenhell in warmen Grün,
später dann silbrig-oliv, so weit das Auge reicht,
leise rauschend, raunend, flüsternd, raschelnd
voller Versprechen im Wind.


Die frischen Knospen hell und zart,
Blütenpracht berückend weiß,
fest und grün die Frucht,
die mit der Reife dunkel schimmert.
Ein Baum des Lebens, voller Kraft,
der allen Stürmen, allen Zeiten trotzt mit Macht.
Ein heil'ger Baum, der immer wieder neu erblüht


und neues Leben schenkt...

# Sind Namen wirklich Schall und Rauch?

Ein schöner Name bringt Freunde, Bewunderung und manchmal auch einen ordentlichen kleinen Karriereschub, der falsche Name Vorurteile, Ablehnung oder sogar Feindschaft. Manch einer ist von vornherein zum Versager abgestempelt. Und wenn der Name komisch ist, na dann hat der Betroffene oft mit Spott und Häme zu kämpfen.

Und das ist in aller Herren Länder so.

In unserem Fall wollte ein Versicherungsvertreter einen Bauernhof besuchen, eine *Masseria*. Sein Chef hatte ihn geschickt, weil auf den Papieren noch eine Unterschrift fehlte.

Der alte Luigi, Herr der Masseria und einer großen Herde von Schafen und Ziegen, trat dem Fremden misstrauisch entgegen und musterte ihn von oben bis unten.

„*Salve*", stieß er undeutlich durch seine Zahnlücke.

Der andere nickte höflich. „*Piacere, Capacchione* – freut mich, Großkopf!"

Gewitterwolken schoben sich vor das bis dahin einigermaßen freundliche Gesicht des alten Luigi, machten dann aber einem fast boshaften Grinsen Platz. „Na, toll, aber hast du dir mal deinen Schädel angesehen?"

Orazio Capacchione, der mit so entsetzlichen Namen geschlagene Versicherungsvertreter, schluckte schwer. Es war immer dasselbe!

„Ich heiße Großkopf – Capacchione, Orazio Capacchione!", fauchte er empört.

Luigi kratzte sich am Kopf und betrachtete den anderen noch einmal von oben bis unten. „Passt", erklärte er dann gutmütig. „Unser Herr Jesus hat dir den Kopf tatsächlich nur deshalb gegeben, damit man deine Ohren auseinander halten kann!"

Orazio Capacchione wäre am liebsten geflüchtet. Wütend und beleidigt war er. Es fiel ihm schwer, die Boshaftigkeit des Alten widerspruchslos zu schlucken. Aber er hatte ja einen Auftrag, den es zu erledigen galt.

Doch der Bauer machte es ihm nicht leicht und verlangte nun vehement nach dem Vertreter, der das letzte Mal gekommen war.

„Amleto ist in Urlaub", erklärte Orazio.

Luigi stierte regelrecht Löcher in den Himmel. *Amleto – Orazio,* also Hamlet und Horaz!

„Noch ein Großkopf?", wollte er irritiert wissen.

„*No, per favore!*", Signor Capacchione war rechtschaffen empört. „Amleto Mezzasalma hat sich doch vorgestellt!"

„Mh, Mezzasalma... wenn er überlebt, soll er kommen!"

Damit beendete der alte Luigi das Gespräch und stiefelte in Richtung Ziegenstall.

Orazio Capacchione blieb schier fassungslos zurück. Auch *Mezzasalma,* also Halbtot oder halber Kadaver, war doch nur ein Name...

# Momentaufnahme – Puglia Magica: Ein Land wie ein Gefühl

Auf dem Weg nach Alberobello fahren wir am Meer entlang Richtung Taranto – *Litoranea bella.* Da ist dieser blendend weiße Sandstrand und dann Bucht an Bucht, eingerahmt in schwere, von Winterstürmen gebeutelte, ausgewaschene Felsen, grau-schwarz, dem Zuhause von unzählbaren Seeigeln.

Dann versinkt der Blick in diesem unendlichen Blau, ganz hell und durchscheinend bis wasserfarben über dem weißsandigen Meeresboden, dunkler werdend über der Tiefe und bis zum Horizont, ein blaues Versprechen in allen Schattierungen bis hin zum Türkis über geheimnisvoller Unterwasserfauna.

Apulien, wo Farbe Natur und Natur Farbe ist – so wirbt der Fremdenverkehrsverband der Region.

Doch dieser Spruch gibt nichts von dem wieder, was Auge und Seele erfreut in diesen frühen Maitagen, die von seltener Farbenpracht bestimmt sind.

Der Himmel über uns zeigt sich in jenem satten Blau, das wir schon am Meer in uns aufgesogen haben wie auch dieses Streicheln der so köstlich warmen Sonnenstrahlen, von denen man gar nicht genug bekommen kann. Man müsste sie einfangen, konservieren, sie und all diese Farben...

Zu den Hügeln der *Murge Tarantine* hin, die wir schon vor uns sehen irgendwo ganz weit vorn, verblasst das Blau und wird milchig, bis wir es wieder eingeholt haben und das Milchweiß weiter vor uns her schieben.

Taranto, das alte Tarentum, die einstige Hauptstadt der Magna Grecia auf dem italienischen Festland, hat längst seinen großen und strahlenden Glanz verloren und ist nun machtvoll um neuen bemüht, was sinnlos erscheint angesichts der stählernen Türme und der stinkenden Abgase der ehemaligen ILVA, jener stinkenden Stahl erzeugenden Fabrik, die schon als *Italsider* Brot und Tod der Stadt war.

Wir lassen die Stadt hinter uns, umfahren die pittoreske Idylle des *Mare Piccolo* mit seinen Muschelgärten und dem Blick auf das alte *Arsenale* mit den Kriegsschiffen und auf die Altstadtinsel mit dem Fischerhafen.

Auch hier finden wir Traumfarben pur neben morbidem Charme, geordnet die Muschelgärten und Reste eines nicht ganz versunkenen, blau abgeblätterten Kahns.

Saftig grüne Wiesen mit weiß-gelber Blütenpracht, aus der plötzlich flammendes Rot erwächst, ziehen nun unsere Blicke auf sich. Samtig wirkende Blütenkissen laden ein zum fröhlichen Hineinkuscheln, zum Träumen...

Spärliche, eher zartgrüne Blättchen, die täglich an Kraft, Farbe und Größe gewinnen, ranken sich um die so armselig aussehenden Weinstöcke. Und doch, schon bald zeigt sich gerade hier das neue Leben besonders ausgeprägt. Man ahnt bereits jetzt, wie es sein wird, wenn kräftige Blätter die große Zahl der Trauben schützen...

Dunkeloliv, nicht silbrig wie im Spätsommer, raunen geheimnisvoll knorrige uralte Olivenbäume im leichten Frühlingswind, und rund im Kreis reihen sich Mohnblumen, frisch und jung und hinreißend rot, unter die ausladenden Äste und breiten sich immer wieder aus zu einem romantischen Teppich auf der so lebendig riechenden rotbraunen Erde.

Farbe, so weit das Auge reicht, lockende Blütenpracht in dreierlei Gelb, verschiedenen Rottönen über Orange bis Burgund und Violett, in Weiß und Blau und Grün...

Das Land reckt sich der Sonne entgegen, Menschen wie Tiere und Pflanzen... Leben erwacht aus winterlicher Lethargie, die in den viel zu kalten Apriltagen zurückgekehrt war, Leben erwacht, um dann in der brennenden Hitze des Sommers wieder in Erstarrung zu versinken, wenn die farbige Schönheit des Frühlings dem verbrannten Braun und dem fahlen, schmutzigen Blassgelb der heißen Jahreszeit gewichen ist.

Der Blick von Martina Franca über das Itria-Tal, einer Hochebene, versetzt uns endgültig in ein Märchenland.

Locorotondo

Wie am Rand eines Kraters thronen kleine romantische Orte auf den Hügeln, Locorotondo, Cisternino, Ceglie Messapica, mit freiem Blick auf die weißen Trullispitzen, die, verteilt in diesem geheimnisvoll wirkenden Stück Land wie sie es schon vor hundert und mehr Jahren getan haben, uns zuzuzwinkern scheinen, als könnten sie unsere Ungläubigkeit erahnen, diese steinernen Denkmäler voller Leben, die locken, verlocken, einladen, versprechen...

Durch das Land der Trulli, der lebendig gewordenen Sagen und Geschichten, fahren wir selbstvergessen Alberobello entgegen. Der Wirklichkeit verlustig, streicheln wir mit Augen und Seele, mit jeder Faser unseres Seins dieses Land, das vom Weiß der Trulli bis zum tiefen Himmelsblau uns so reich beschenkt, atmen wir diese Luft, diese Mischung aus Meer und Blüten, bis wir fast erschrocken trunken scheinen.

Alberobello

Könnten wir doch ein Stück von diesem so friedvollen Paradies mitnehmen in unseren kühlen, vom Verstand bestimmten Alltag...

# Die Krone Apuliens

Es gibt keine Worte, meine Empfindungen beim Anblick des Castel del Monte, Federicos Jagdschloss, zu beschreiben. Großmächtig und in schlichter Schönheit wächst das Schloss auf dem Berg vor uns auf. Wie ein Wunderwerk. Strahlendes Goldgelb in der Sonne.

Als ich näher komme, spüre ich meine Knie. Weich sind sie im Gefühl, einem wundersamen Stück Geschichte nahe zu sein.

Mit Ehrfurcht steige ich die letzten Stufen zum Eingang hinauf. Gehe zurück, um das Oktagon im gleißenden Sonnenlicht zu umrunden.

Wunderbar weit schaut man ins Land, gleichermaßen von jedem Punkt, von jedem Stein, von jedem Fenster.

Die Größe des Schlosses beeindruckt. Acht Türme, jeder achteckig, verleihen dem machtvollen Bau eine gewisse Eleganz. Machtvolle Leichtigkeit...

Mit aufgeregt klopfendem Herzen kehre ich zum Eingang zurück, kann es kaum erwarten, das Schloss zu betreten.

Hochzeiten sollen hier gefeiert worden sein. Und in den kalten, heute leeren Räumen sollen Federicos Kinder ihr Leben gefristet und dem Tod entgegen gesehen haben. Gut und Böse, Macht, Herrlichkeit, Machtverlust, Tod und Trauer liegen hier fast spürbar dicht beieinander.

Friedrich II., der Mann aus Apulien, deutscher Apulienliebhaber und Herr des Landes, hat sein Jagdschloss wohl nie besucht.

Die Räume haben einen trapezförmigen Grundriss, was jedem Zimmer etwas Besonderes gibt. Die Ausstellung im Parterre fasziniert mich. Die Geschichte Friedrichs und seiner Familie, die Geschichte dieses düsteren und so spannungsvollen Schlosses nimmt mich gefangen – gefangen wie einst die Kinder des großen Federico, die hier in grausamer Gefangenschaft bis zu ihrem traurigen Ende dahin vegetierten...

Das achteckige Stück Himmel über dem achteckigen Innenhof mit seiner Sonnenuhr lädt in seiner kargen Schönheit nicht gerade zum Verweilen ein. Dafür locken die Balkone der ersten Etage umso mehr. Einmal Prinzessin spielen...

Es sind unaussprechliche Gefühle, die sich in mir ausbreiten, mir fast den Atem nehmen beim Blick in das wenige Blau über mir und auf die glatten Mauern. Ob Friedrichs Kinder nach ihrer Inhaftierung je den Himmel wiedergesehen haben? Den achteckigen aus dem Innenhof vielleicht...

Auf einmal möchte ich nicht mehr Prinzessin sein. Ich friere in der Sonne.

Seit einiger Zeit kann ich nicht mehr so gut Treppen steigen, werde kurzatmig, brauche nach wenigen steilen Stufen eine Pause und ein Glas Wasser. Dennoch zieht es mich immer wieder in diese erste Etage, von der aus man einen so herrlichen Blick weit über das Land hat, wo Träume so greifbar nahe sind. Bei keinem Besuch in „meinem" Schloss möchte ich auf diesen Blick und auf die Berührung mit der Geschichte im Obergeschoss, im ehemaligen *Piano Nobile* verzichten trotz der Anstrengung, die mir die hohen und ungleichmäßigen Stufen abverlangen.

Ich habe es wieder einmal geschafft. Völlig am Boden zerstört sitze ich auf der Steinbank und schnappe nach Luft wie ein Fisch auf dem Trockenen. Zum Glück habe ich meine Wasserflasche in der Tasche.

Eine italienische Familie kommt sehr besorgt auf mich zu. Die Tochter, ein etwa zwanzigjähriges hübsches Mädchen spricht mich an. „*Signora*, geht es Ihnen nicht gut?"

„Es ist nichts", erwidere ich mühsam und versuche zu lächeln. „Die Treppe war so anstrengend."

Das junge Mädchen ist entsetzt. „Aber, *Signora*, warum quälen Sie sich diese grässlichen Stufen hinauf, wenn Ihnen das so sehr schadet? Hier oben gibt es doch nichts zu sehen!" Und der Rest der Familie nickt dazu.

Ich habe mich inzwischen etwas erholt, kann wieder normal sprechen und brauche auch nicht mehr halb zusammengesunken auf der Steinbank zu sitzen.

„Nichts zu sehen?" Ich stehe auf und zeige einmal im Kreis herum. „Hier stehen keine Möbel, das stimmt. Aber sehen Sie sich die Säulen an, die Form der Räume, die Reste herrlicher Verzierungen, die Kamine... Wenn Sie die Augen schließen, hören Sie nicht die knisternden Feuer, das Rascheln der Kleider, sehen Sie nicht die wunderschönen Paare, die sich hier zur Jagd trafen? Oder sehen Sie vielleicht sogar Federicos Kinder, wie sie hier eingekerkert lebten?"

„Das sehen Sie alles?", fragt nun der Familienvater und starrt mich an, als käme ich gerade aus jener längst vergangenen Zeit hereingeschneit.

„Wenn Sie sich ein bisschen mit der Geschichte Federicos befassen, erleben Sie das Castel del Monte ganz anders", gebe ich zurück. „Jeder Stein erzählt von damals, jeder Stein lebt – zumindest für mich."

Wieder ernte ich ungläubige Blicke. Gut, dass ich die Gedanken der italienischen Familie nicht lesen kann! Die Leute halten mich bestimmt für eine durchgeknallte Deutsche!

„Woher wissen Sie so viel über das Schloss?", fragt das junge Mädchen.

„Ich habe schon zu Hause eine Menge darüber gelesen und mich mit dem großen Kaiser beschäftigt. Und dann gibt es hier an der Kasse ein Heft als Führer, das man sich ausleihen kann. Darin ist jeder einzelne Raum genau erklärt. – Haben Sie übrigens die Toilette gesehen? Ich meine die von früher. Sie ist in diesem Treppenhaus! Selbst daran hat man beim Bau gedacht!"

Die haben sie nicht wirklich gesehen, nicht als solche registriert. Sie sind einfach nur vorbei gelaufen.

Die Familie bedankt sich, und wenig später sehe ich, wie sie sich mit dem Führer noch einmal auf die große Runde begeben. Als das junge Mädchen mir zuwinkt, bin ich mir ganz sicher, dass ihre Prinzessinnenträume den meinen sehr ähneln. Das dankbare Lächeln der Zwanzigjährigen und die unverhohlene Bewunderung ihres Vaters werde ich nicht vergessen.

Auch wir folgen wieder den Spuren des Mannes, der das Schloss zwar bauen ließ, es aber nie bewohnt hat. Dennoch habe ich das Gefühl, dass sein Geist hier eine Heimat gefunden hat und uns auf Schritt und Tritt begleitet wie ein Freund, der uns voller Stolz sein gelungenes Zuhause zeigt. Und nicht nur das, der Kaiser lädt uns ein zurückzukehren – in seine Zeit?

Da ist sein Thronsaal, der Blick durch verschmutzte, trübe Fensterscheiben, deren Schmutz die Landschaft durch einen milchigen Schleier geheimnisvoll wirken lässt, da sind die verrußten Kamine, das Rot in den Marmorsäulen, die Reste von Mosaiken, von Wandverzierungen…

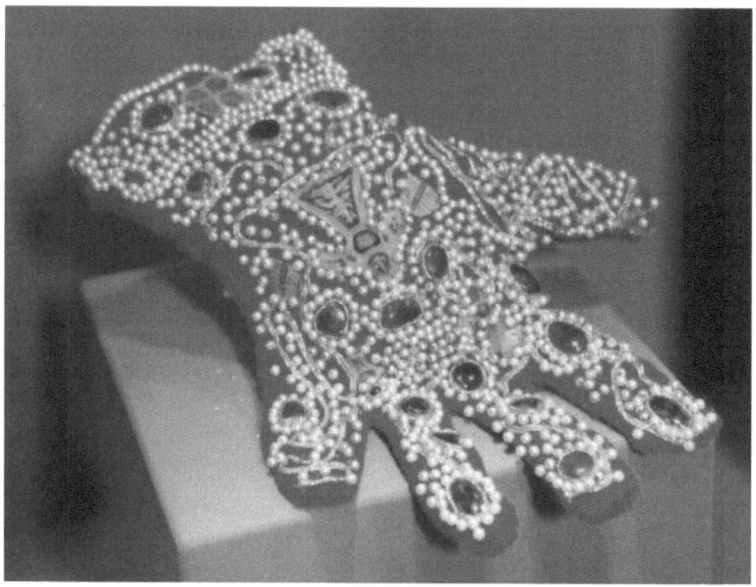

Ich kann nicht genug sehen, in mich aufnehmen, träumen. Federico ist mir so nah und so fern zugleich. Hier, in seinem Schloss, ist er Herrscher, ohne anwesend zu sein, ohne es je gewesen zu sein, ist er Führer, Gastgeber und Geist einer längst vergangenen Zeit.

Federico ist da, mir nah – und es ist wie ein Geschenk, das ich in tiefer Dankbarkeit annehme und genieße.

*Majestät, ich folge Ihrem Ruf, Ihrer Einladung immer wieder gern, kann nicht genug bekommen von diesen Gefühlen, die ich in diesem Maße nur hier, in Ihrem Schloss, empfinde, diese Sehnsucht nach Sonne, nach Ruhe, Glück und Frieden, auch wenn die Krone Apuliens davon nur wenig erlebt hat...*

*Tornerò – ich komme wieder, Maestà...*

# La Festa di San Cataldo

Wir hatten Besuch. Mit lieben Freunden aus Deutschland waren wir unterwegs gewesen, Besichtigungen und Berührungen von Orten, die sie noch nicht kannten. Ach ja, Apulien ist so reich an Geschichte und Kultur, an Natur und natürlicher Schönheit, dass jeder Besuch zu kurz sein muss.

Es war der 8. Mai, und ich erzählte auf der Fahrt nach Taranto von San Cataldo, seinem Leben und dem Diebstahl der massiv silbernen Statue. Wir kamen darauf zu sprechen, weil ein Bekannter zwei Tage später, am Gedenktag des Heiligen, Namenstag feierte. Und Namenstage sind in Italien oft wichtiger als Geburtstage.

An diesem Abend stand als schöner Tagesabschluss ein Abendessen am *Canale Navigabile* auf dem Plan in einem kleinen Restaurant, von dem aus man einen wunderbaren Blick auf die *Città Vecchia* hat – wenn die Menschenmassen ihn denn freigegeben hätten.

Der Verkehr war für einen Montagabend völlig irre. Stopp and Go und nichts ging. Ein Signalschild gab Auskunft: Die *Ponte Girevole*, die berühmte Drehbrücke, wurde geöffnet, ausnahmsweise zu dieser frühen Zeit.

Ich dachte gar nicht lange darüber nach, was der Grund dafür sein könnte, obwohl man klugerweise die nur noch seltenen Öffnungen in die Nacht verlegt hatte, so dass der dann entstehende Verkehrskollaps nicht ganz so groß war. Ich freute mich ganz einfach, unseren Freunden auch dieses außergewöhnliche Spektakel zeigen zu können.

Wir kämpften uns mit kleinen Tricks und guter Ortskenntnis durch bis in die Nähe der Brücke. Und während mein armer Mann weiterhin im Viereck fuhr und auf einen Parkplatz hoffte, eilte ich mit unseren Freunden an den

*Canale,* an die Stelle, von der aus man die Öffnung der Brücke am besten sehen konnte – wie ich wusste und wie ich hoffte.

Viel Betrieb bei Brückenöffnungen ist ja normal, selbst mitten in der Nacht. Aber an diesem Tag drängten sich die Tarantini in Fünferreihen, was ich zuerst einmal gar nicht verstand.

„*La processione di San Cataldo*", erklärte mir eine nette Dame, und ein Mann diskutierte mit mir über Technik und Art und Weise der Brückenöffnung und war erstaunt, dass eine Ausländerin besser Bescheid wusste als er selbst.

Herzliches Lachen.

„Diese Prozession habe ich leider noch nie gesehen", gestand ich bedauernd und schickte noch einen Seufzer hinterher. Bei so vielen Menschen, die sicher schon mindestens zwei Stunden hier ausharrten, hatte ich bestimmt nicht die kleinste Chance, etwas zu sehen oder gar ein Bild zu schießen.

„Komm, du musst fotografieren!"

Schon schubste man mich durch mindestens drei Menschenreihen fast bis ans Geländer, wobei ich unsere Freunde aus den Augen verlor. Vor mir drückten sich zwei etwa Acht- bis Zehnjährige an die Eisenstangen. Da ich nicht gerade sehr schlank bin und von hinten nach vorn geschoben wurde, litten die Kinder sicher unter meiner erdrückenden Nähe. Aber sie beschwerten sich nicht.

Die Frau Mama schien sich auch nicht darüber aufzuregen, im Gegenteil, sie erklärte mir im schönsten unverständlichen tarentiner Dialekt, was im *Canale* gerade geschah.

Irgendjemand schob mir meine schwere Fototasche vor den Bauch, sie knallte in den Rücken des kleineren Mädchens.

„Ist besser so!", erfuhr ich. „Ist sicherer!"

Gleichzeitig packte die nette *Mamma* mit festem Griff in meine Haare am Hinterkopf und drehte mich in die ihrer Meinung nach richtige Richtung.

„Daher kommt der Heilige!"
Mein Kopf flog in die Gegenrichtung.

„Und da geht er hin!"
Mein Kopf kehrte in Normalstellung zurück und wurde nach unten gedrückt.
„Da kommen die Boote!"
Tatsächlich kamen die ersten Fischerboote unter der inzwischen geöffneten *Ponte Girevole* durch. Allesamt waren sie herausgeputzt und sahen wunderschön aus. Fast zwangsweise drückte ich ab und machte die ersten Fotos. Dann versuchte ich, mich gerade hinzustellen und meinem Rücken, meinem Hals und meinem Kopf und den armen gequetschten Kindern vor mir einen Moment der Erholung zu gönnen.
Doch ich hatte nicht mit der *Mamma* gerechnet. Zu den Erklärungen der hinter mir stehenden Leute drehte sie mich immer wieder liebevoll und ruckartig in die Richtung, in die ich, bitte schön, zu blicken hatte.

Und dann kam San Cataldo.
Ich wusste nun wirklich nicht mehr, wohin ich zuerst schauen sollte. Das Schiff war rundherum beleuchtet. Im Heck hatte der Heilige seinen Platz auf einem Podest unter einem Lichterkranz gefunden und blickte gegen die Fahrtrichtung auf die Fischerboote, die dem Prachtschiff laut hupend folgten. Zu Füßen der schönen Silberstatue saß der Bischof mit dem gesamten Klerus im hellen Licht.
Als von den Kaimauern rechts und links des Kanals lang anhaltender Beifall erscholl, wurde mir die Unwirklichkeit der Szenerie bewusst.

Im nächsten Augenblick wurde der Himmel von einem aufwändigen kunterbunten Feuerwerk erleuchtet. An den Mauern des Schlosses gingen hell blitzende Lichtkaskaden nieder, die bei den Zuschauern ein bewunderndes Ah und Oh auslösten und den Beifall noch einmal verstärkten.
Und dann war alles vorbei, das Feuerwerk und die Prozession. San Cataldo und sein Gefolge hatten das *Mare Piccolo*

erreicht. Noch einmal schossen ein paar abschließende Lichtkegel in den Nachthimmel. Dann löste sich die Menschenmasse langsam auf.

„Hast du ihn fotografiert?", fragte die *Mamma* fast atemlos.

„Ja", erwiderte ich leise und empfand eine Ergriffenheit, die ich mir nicht wirklich erklären konnte. Und die verstärkte sich in den nächsten Minuten, als ich von Arm zu Arm ging.

Wildfremde Menschen, denen ich eigentlich nur Danke sagen wollte dafür, dass sie mir ein besonderes Erlebnis geschenkt hatten, bedankten sich bei mir für mein Interesse für ihre Stadt.

„San Cataldo verbindet uns alle", erklärte mir jener Mann, der mit mir über die Technik der Brückenöffnung diskutiert hatte.

„Ich werde mich bei ihm bedanken", erwiderte ich gerührt. „Ich werde eine Kerze für Sie alle anzünden."

Und das habe ich am selben Abend noch getan.

Glücklicherweise haben die beiden süßen kleinen Mädchen meine „Erdrückung" fröhlich überlebt. Auch unsere Freunde fand ich wieder, die inzwischen von meinem Mann betreut wurden.

Meine Befangenheit hielt allerdings noch eine ganze Weile an…

# Notte di Ferragosto

Endlich Urlaub!

Ja, es wurde wirklich Zeit, dass wir uns ausruhten, einfach einmal nichts taten, die Beine ausstreckten und die Seele baumeln ließen. Der Beginn der schönsten Zeit des Jahres hatte ja auch noch so gar nichts mit herrlich faulen Ferien zu tun gehabt.

Unter der musikalischen Begleitung der Disko nebenan im Schwimmparadies hatten wir unser Häuschen geputzt, die Gardinen gewaschen und all das einer Großreinigung unterzogen, was einen ganzen langen Winter auf unser glückliches Erscheinen wartend verstaubt war.

Mittlerweile war es Abend, der 14. August, das Haus war sauber, die Fahnen an unserem improvisierten Fahnenmast – die italienische und die deutsche - wehten im Abendwind, und wir hatten genussvoll das gegessen, was man in unserer kleinen Küche kochzaubern kann. Das Glas Wein dazu veredelte unsere Mahlzeit.

Wollten wir uns den Krimi im Fernsehen anschauen? Er begann ein bisschen später, so dass uns Zeit blieb, den morgigen Tag zu planen. *Ferragosto*, einer der höchsten Feiertage Italiens, das Fest, an dem niemand allein zu sein und jeder mit Familie oder Freunden zu feiern hat, der Tag, an dem Autobahnen zu einem endlosen stinkenden Moloch werden, aus dessen Fängen erst nach Stunden die Flucht gelingt, Ferienbeginn vieler Arbeitnehmer in Italien, Tag der Ausflügler, Urlauber, Picknickfreunde...

Dass wir an diesem Tag weder an den Strand gehen noch ein Restaurant aufsuchen wollten – oder durften –, verstand sich von selbst. Zum Abendessen waren wir eingeladen bei Freunden. Wir würden etwas fürs Büffet mitbringen, so wie es hier üblich war, etwas Italienisches und natürlich auch etwas Deutsches – das wurde von uns erwartet. Und wir freuten uns sehr auf den morgigen Abend.

Nun konnten wir uns dem Krimi zuwenden, der pünktlich um 22.00 Uhr beginnen sollte.

Tat er auch.

Aber mit einem italienischen Paukenschlag aus der Disko-Nachbarschaft. Das „*Buona sera a tuttiiiiii!*", ließ uns erschrocken zusammenfahren. Es war, als hätte man einen Lautsprecher in unser Wohnzimmer gebaut und zu Überlautstärke aufgedreht.

Ach ja, wir fühlten uns mehr als begrüßt!

Was nun begann, ließ uns den Krimi vergessen. Wir hätten nichts von den Dialogen verstanden, nicht einmal die Musik und die lauten Stimmen in den Werbepausen gehört, obwohl wir den Regler immer höher schoben. Es blieb uns nur, bedauernd Abschied zu nehmen von Inspector Lynley und seiner Truppe.

Was Lautstärke bedeutete erfuhren wir umgehend aus der Disko. Der Discjockey schrie unverständliche Laute in sein absolut überdrehtes Mikrophon, die Animateurin forderte mit schriller Stimme zu Spielen auf, die wir noch nicht kannten und die mit wildem Begeisterungsgeschrei des völlig außer Rand und Band geratenen Publikums angenommen wurden.

„*Prontiiii – viaaaa!*", schrie sie und schickte ihre Kandidaten auf die Reise – wohin auch immer.

Hatten wir uns am Anfang noch erschrocken angesehen, so holten wir nun tief Luft, um uns schreiend zu verständigen.

„Ich habe nicht daran gedacht", gestand ich betreten und mit erhobener Stimme. „Heute ist ja die Nacht zu *Ferragosto!*"

„Macht nix!", brüllte mein Mann lachend zurück. „Ausreißen können wir nicht!"

Nein, weder ausreißen noch fernsehen noch lesen oder gar schlafen. Der Lärm, der zu uns herüber schwappte, raubte uns jegliche Konzentration.

Mehr betroffen und ein wenig traurig als ärgerlich dachte ich an die ersten Ferien, die ich an dieser paradiesischen Küste verbracht hatte, erinnerte mich an so manche „Notte di Ferragosto" und vor allem an das Lied, das diesen Titel trug.

**Notte di Ferragosto**
**calda è la spiaggia**
**e caldo è il mare** ...

**Die Nacht zu Ferragosto**
**Warm ist der Strand**
**Und warm ist auch das Meer...**

Nein, ich bekam den romantischen Text nicht mehr zusammen, nicht bei diesen alles durchschlagenden Bässen und der befehlenden Stimme des Discjockeys, der zu einem *Ballo di Gruppo*, einem Gruppentanz aufforderte.
Schade.

„A destra – a destra – sinistra – sinistra – avanti, avanti, avanti – nach rechts, nach rechts, links, links, vor, vor, vor..."
Feierlaune war da – aber wo blieb die Romantik?
Gegen Mitternacht erschreckten uns andere, nicht minder heftige Donnerschläge, die uns aus dem Haus trieben. Rund herum krachte es beängstigend. Dann sahen wir am Himmel, was unter dem Beifall der Feiernden um uns herum geschah.

*Ferragosto*, Mariä Himmelfahrt, der 15. August, Ferienbeginn vieler, heiß ersehnt und ungeduldig erwartet, wurde mit einem phänomenalen Feuerwerk begrüßt. Einem? Nein! Überall da, wo gemeinsam privat, in Restaurants oder

Diskotheken gefeiert wurde, schossen nun unter dem Jubel der Zuschauer die Feuerwerke in den sternenklaren Nachthimmel.

Wir hatten einen Platz in der ersten Reihe, Loge, wussten nicht, wohin wir zuerst schauen sollten. Überall um uns herum strahlten bunte blitzende taumelnd tanzende Sterne durch die Dunkelheit, erhellten den Himmel wie ein besonderes Geschenk, grün-weiß-rot in den Farben Italiens, als golden sprühende Räder, bunte Blumen in Lila und Blau und Gelb. Und da – auf einmal tanzten rote Herzen am Himmel...

Im blitzenden Licht der Feuerwerkskörper entdeckten wir den anderen Logenplatz: Auf dem Plateau der Wasserrutsche im Wasserpark nicht weit von unserem Haus und deutlich sichtbar drängten sich fast so viele Menschen wie tagsüber. Sie bejubelten die bunten Lichtsterne und Feuerräder und rissen immer wieder die Arme hoch. Ein skurriler Anblick!

So plötzlich, wie der bunt blitzende wundersame Spuk begonnen hatte, war er auch wieder vorbei. Fast ernüchtert spürten wir das Wumm – Wumm – Wumm der Bässe der überlauten Musikanlage in unseren Mägen.

„Komm, wir trinken ein Glas *Spumante – Sekt*", sagte mein Mann. „Den haben wir uns verdient!"

Feuerwerk – *Spumante – Notte die Ferragosto...*

Meine ganz persönliche Romantik war wieder zurückgekehrt. Und vielleicht würden all diese jungen Leute in der Disko gegenüber mal genauso denken. Sollten sie doch feiern – von mir aus bis in den frühen Morgen!

Ferragosto 1964

*„Notte di ferragosto, calda è la spiaggia e caldo è il mare..."*

# Orazio und der General a.D.

Carlo Carlone – nennen wir ihn so zu seinem eigenen Schutz – war ein gut aussehender Mann, kein typischer Italiener, nein, groß, nicht ganz schlank, ein Mann wie ein Baum mit vollem Haarschopf und einem sehr gepflegten Bart. Sein Alter war nur schwer zu schätzen. Er hatte aber zumindest das Pensionsalter eines hohen Militärs erreicht und war als General in den Ruhestand gegangen.

Allerdings hatte er das Militär, vornehmlich die Sprache, die Haltung und seinen Rang noch nicht wirklich in Rente geschickt.

Carlos Gattin Clara, eine ehemalige Lehrerin, die eine ganze Menge von Carlos militärischen Ansichten angenommen und damit ihre Schüler mehr oder weniger drangsaliert hatte, hatte sich auch im Aussehen ihrem Mann angepasst und ihre überschlanke Taille von einst verloren. Die kleinen Wohlstandskilos hatten sie jedoch nicht ihrer durchscheinenden Schönheit beraubt. Und sie besaß etwas, das ihrem Mann in der strengen Disziplin seines militärischen Daseins verloren gegangen war: Humor.

Mit anderen Worten: Clara war nach ihrer Pensionierung um einiges liebenswürdiger und weicher und weniger martialisch geworden.

Die folgende Geschichte geschah im Hause von Claras Kollegin und Freundin Anna.

Carlo und Clara waren zu einem kleinen Abendessen eingeladen, worüber sich beide sehr freuten, er aber auch ein wenig litt, denn bei Anna und Berto ging es sehr locker, familiär und herzlich-fröhlich zu. Militärische Disziplin fehlte völlig.

Auch Orazio, ein kleiner unerzogener und wilder Mischlingshund, kannte keinerlei Regel.

Und das machte Carlo unglaublich nervös. Er war nicht daran gewöhnt, dass Mensch und Tier machen konnte, was jeder wollte, und dass niemand auch nur der geringsten seiner Anweisungen folgte.

Clara spürte, dass ihr lieber Carlo kurz vor einer Explosion stand, denn es bedurfte ja nicht viel, jenen Adrenalinspiegel zu erhöhen, der nötig war, ein militärisches

Donnerwetter auf jeden niedergehen zu lassen, der sich in der Nähe des Generals a.D. befand. Also legte sie immer wieder beruhigend ihre Hand mit dem blitzenden Diamantring – sein Geschenk zu ihrem letzten Geburtstag, dessen Zahl sie nicht verriet – auf seinen Arm.

„Ganz ruhig, mein Lieber", flüsterte sie ihm dabei zu.

Doch nützte das alles nichts. Irgendwann war der Moment erreicht, in dem General a.D. Carlone den kleinen Springinsfeld Orazio nicht mehr ertrug.

„Orazio, sitz!", rief er dem Hund zu.

Orazio hatte gar kein Interesse daran, sich irgendwo ruhig niederzulassen. Schließlich duftete das Essen sehr verführerisch, und er erhoffte sich den einen oder anderen Krumen, den ihm die Herrschaften zukommen ließen. Also sprang er weiter bettelnd an den Gästen hoch.

Zwar befahlen auch Anna und Berto ihrem Liebling, von den Freunden abzulassen. Aber wann hätte dieser verrückte kleine Hund je auf sie gehört?

„Orazio, ab in die Ecke!"

Der Befehlston des Herrn General hätte wohl jeden anderen erschreckt. Nicht so den verwöhnten kleinen Wildfang. Orazio sprang wieder an Carlos Beinen hoch und jaulte bettelnd. Verflixt, warum gab dieser Mensch ihm nicht endlich ein Stückchen Fleisch?

Für den General a.D. war die Grenze des Erträglichen erreicht. „Es ist genug!", brüllte er in schärfstem Befehlston. „In die Ecke mit dir!"

Nun hatte Orazio die Nase voll von den Befehlen, die er nicht gewohnt war und die er keinesfalls befolgen wollte.

Ganz langsam näherte er sich den Beinen des Herrn Generals a.D., was alle Anwesenden voller Vergnügen beobachteten. Sicher wollte der kleine Hund dem brüllenden Mann seine Freundschaft anbieten, vielleicht ihm auf den

Schoß springen, um mit ihm zu schmusen, was Orazio ganz besonders gerne tat.

Aber nein, es geschah, was niemand erwartet hatte: Orazio hob sein Bein und – pinkelte dem strengen General a.D. auf seine sicher sehr teuren und wunderbar gepflegten Sandalen.

Im ersten Moment herrschte erschrockene Stille. Dann jedoch brachen Anna, Berto und Clara in schallendes Gelächter aus.

Nur einer lachte nicht. General a.D. Carlone.

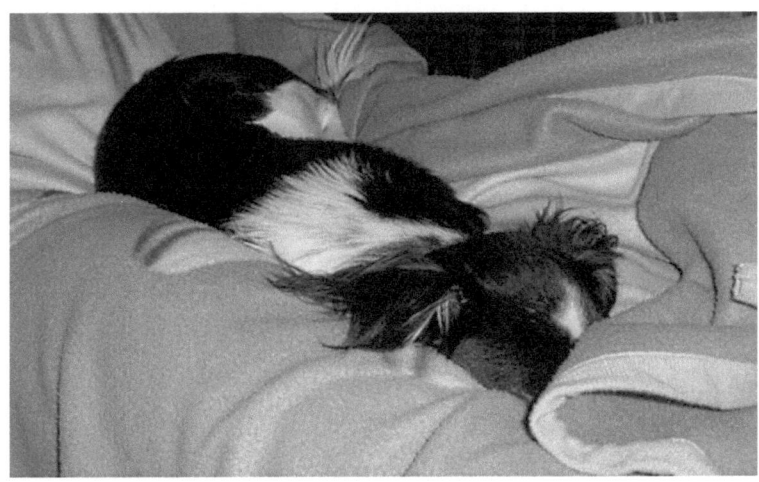

Und Orazio versteckte sich jaulend im Bett seines Herrchens.

# Da gab es einst zwei Pinien ...

Sie standen einfach da,
auf der Straße nach Pulsano,
Wächter am Eingang zum Weingarten,
Wahrzeichen in meinem Herzen.

Zwei Pinien...

Sie standen schon damals da,
und ich nahm sie nicht wirklich wahr.
Sie gehörten dazu,
zur Straße, zum Weingarten, zu Pulsano.

Zwei Pinien...

Und sie standen auch dann noch da,
als ich ihre Kraft brauchte,
sie in den Pinien suchte
und sie in ihnen fand...

... in meinen Pinien...

Nun steht nur noch eine Pinie da
Wie verloren am Eingang des Weingartens
auf der Straße nach Pulsano
als Begleiter meiner Träume.

Eine Pinie...

Ein Stück Erinnerung,
viele Jahre Träume, Liebe, Leid,
viele Jahre meines Lebens, älter als ich...

Begleite mich weiter, Pinie, für immer und jedes Jahr neu...

# Die Geschichte von Nachbars Katze

Tränenreich hatte *Mamma* Piera ihren ältesten Sohn Antonio verabschiedet, als er nach Deutschland ging, weil man ihm da eine gute Stelle angeboten hatte. Wie grausam war doch das Schicksal, das Piera von ihrem geliebten Sonnenschein trennte!

Antonio war weniger traurig, entkam er doch auf diese Weise der Verlobung mit Rosaria, die ihn zwar auch nicht wollte, aber ihren Eltern nachgegeben hätte.

Antò war jedenfalls glücklich und baute sich im fernen Deutschland ein neues fröhliches und freies Leben auf. Er war fleißig und lernwillig und kam viel besser voran, als er es sich erträumt hatte. Es dauerte nicht mehr als gerade mal drei Jahre, bis er nicht nur eine sichere Arbeitsstelle sondern auch eine schicke kleine Wohnung hatte. Sein Deutsch war fast perfekt, und in der Familie seiner Freundin Silke war er herzlich willkommen.

Von all dem wusste *Mamma* Piera nichts. Zuerst freute sie sich über die kleine Summe, die Antonio regelmäßig nach Hause schickte. Dafür übersah sie bei seinen spärlichen Besuchen gnädig, dass er recht mundfaul war, wenn es um sein Leben im kalten Deutschland ging.

*Mamma* Piera war es irgendwann leid. Sie spürte doch, dass mit ihrem Antò irgendetwas nicht stimmte! Also machte sie sich auf den Weg zu ihm, per Zug, was ewig dauerte. Bis ins fremde deutsche Rheinland waren es schließlich unendlich lange zweitausend Kilometer!

Antonio war sehr überrascht, als seine Mutter plötzlich vor seiner Tür stand. Natürlich freute er sich unglaublich, zumal sie gleich in der Küche verschwand und aus den mitgebrachten Leckereien ein köstliches Essen kochte.

Beim Essen erzählte sie, dass die liebe Rosaria den Sohn des Tischlers geheiratet hatte. „Aber du brauchst nicht traurig zu sein, *figlio mio* – mein Sohn. Luciana, Rosarias kleine Schwester, ist viel hübscher und schon lange in dich verliebt!"

Antonio verdrehte die Augen und eilte davon. Arbeiten, wie er sagte. Was nicht stimmte. Fast verzweifelt warf er sich in die Arme seiner Freundin und erzählte ihr sein persönliches Drama.

Silke, die süße blonde Deutsche, hatte Verständnis für ihren Freund, der ein bisschen Zeit brauchte, seiner *Mamma* beizubringen, dass er so schnell nicht ins ferne Apulien zurückkehren wollte und dass er gewiss nicht Rosarias kleine Schwester Luciana heiraten würde.

„Wir telefonieren", schlug sie ihm vor. „Und du sagst einfach, wann ich zu dir kommen soll. Mach dir keine Sorgen." Sie küsste ihn zärtlich.

Also hatte *Mamma* Piera ihren Sohn ganz für sich und konnte ihn entsprechend bearbeiten. Luciana wartete auf ihn, behauptete sie und setzte ihm so sehr zu, dass ihm die Luft zum Atmen fehlte.

Antonio flüchtete sich regelrecht in seine Arbeit und war dankbar für jede gestohlene Minute, die er mit Silke verbringen konnte.

An diesem bestimmten Tag geschah etwas, was der so feinen und wohlerzogenen *Mamma* Piera die Schamesröte ins Gesicht trieb. Im Laufe des Tages hörte sie die Stimme einer Frau, die wieder und wieder etwas rief.

„Tinka, wo bist du denn? Komm zu mir! Lecker, lecker, lecker!"

*Signora* Piera schüttelte den Kopf. Manches in Deutschland erschien ihr äußerst komisch! Vielleicht sogar bedenklich...

Dann klingelte es an der Wohnungstür, und Piera öffnete. Eine sehr aufgeregte junge Frau stand vor ihr und redete auf sie ein.

„Entschuldigen Sie bitte, meine kleine Tinka ist auf Ihren Balkon gestürzt. Es ist eine kleine junge Katze. Bitte, darf ich Sie holen?"

In ihrer Aufregung machte die Frau einen Schritt auf *Signora* Piera zu.

„*Ma, Signora!*" Die Italienerin fuhr entsetzt zurück und warf die Tür zu.

Das half nicht viel. Die Deutsche klingelte wieder und bat noch einmal eindringlich, ihre Katze holen zu dürfen. Doch die Italienerin war so entsetzt, dass sie ein zweites Mal die Tür schloss.

Nach dem dritten Klingeln schien es fast, dass die beiden Damen sich ernsthaft streiten wollten. Die Deutsche rief nach ihrer Katze, und erhielt von der Italienerin nur eine empörte Antwort, die sie nun gar nicht verstand.

„*Non si dice così!*", erklärte Piera und versuchte, vornehm zu wirken. „So etwas sagt man nicht!"

Und dann passierte etwas Ungeheuerliches: Die Nachbarin erklärte noch einmal mühsam beherrscht, dass sie ja nur ihre Katze suche und deshalb in die Wohnung von Antonio müsse.

Da wurde es der *Signora* zuviel. Sie holte aus und versetzte der jungen Frau eine saftige Ohrfeige. Dabei schimpfte sie wie ein Rohrspatz.

Die Nachbarin stand da wie zur Salzsäule erstarrt. Sie begriff überhaupt nicht, was die Italienerin so wütend machte. Und da es um ihre geliebte Tinka ging, wollte sie auch nicht nachgeben. Aber die Tür wurde wieder einmal vor ihrer Nase zugeschlagen – und blieb geschlossen.

Zum Glück kam Antonio wenig später nach Hause.

„Antonio, deine Mutter ist eine Furie!", erfuhr er schon im Treppenhaus. „Meine Tinka sitzt auf deinem Balkon, und sie rückt sie nicht heraus. Sie hat mich sogar geohrfeigt!"

Antonio versprach der Nachbarin Karin, die Angelegenheit zu regeln und betrat äußerst beunruhigt seine Wohnung. Seine Beunruhigung wandelte sich schlagartig in

Fassungslosigkeit. Seine Mutter war dabei, *seine* Koffer zu packen. Hemden und Wäsche waren schon versorgt.

„Du bleibst nicht eine Sekunde länger in diesem Sündenpfuhl!", rief sie ihm auf Italienisch entgegen. „*Madonna mia,* wie kann eine Frau sich so weit erniedrigen? *Così maleducata* – so schlecht erzogen!"

„Was ist passiert?", wollte Antonio wissen und zog seine Mutter vorsichtshalber erst einmal aus seinem Schlafzimmer. Fast war er erleichtert, dass sie nichts gefunden hatte, was Silke gehörte, eine nette kleine Erinnerung...

„Diese Frau!", regte sich seine Mutter weiter auf. „Sie kommt hierhin und verlangt – *scusami* – *un cazzo!*"

„Eine Katze..."

„*Sì, sì, un cazzo!*"

„Nein, *Mamma,* eine Katze, *una gattina!*"

„*Una gattina?*" *Signora* Piera war verblüfft.

„*Una gattina* heißt auf Deutsch eine Katze!"
„*Non capisco un cavolo*", flüsterte die *Mamma* erschöpft und schaute fast ängstlich durch die Balkontür. Auf Deutsch würde man sagen: „Ich verstehe nur Bahnhof..."

Antonio rettete derweil die kleine Tinka, ein süßes graues Fellknäuel, und bat seine Mutter, schon mal Kaffee zu kochen, echten italienischen natürlich.
„Wir haben noch eine Menge zu klären!"

Schon eine halbe Stunde später saß Piera gleich zwei netten blonden deutschen Frauen gegenüber und wusste gar nicht, wohin sie noch schauen sollte. Die Ohrfeige war ihr so schrecklich peinlich, dass sie Silke viel herzlicher begrüßte, als sie es vielleicht sonst bei einer Freundin ihres Sohnes, die sie ja nun zum ersten Mal sah, getan hätte. Selbstverständlich entschuldigte sie sich bei der Nachbarin Karin.
„Aber jetzt möchte ich doch gern wissen, weshalb sich deine Mutter so aufgeführt hat", meinte Karin.
Antonio übersetzte, und seine Mutter wurde brandrot.
„Das deutsche Wort Katze klingt ähnlich wie das italienische Wort *cazzo*...", erklärte er vergnügt grinsend.
Silke verschluckte sich an ihrem Espresso und begann zu lachen. „Ach, du lieber Himmel!"
*Mamma* Piera war rot geworden und stand peinlich berührt auf. „Ich glaube, ich packe deine Koffer wieder aus!"
Rasch eilte sie ins Schlafzimmer. Silke folgte ihr lachend. Ihr Italienisch war mittlerweile so gut, dass sie sich mit Antonios Mutter gut verständigen, anfreunden und tatsächlich auch Freundschaft schließen konnte.

„Antonio, lass mich nicht dumm sterben", bat Karin ihren Nachbarn.
„Tja", begann er grinsend. „In Deutschland gibt es für einen bestimmten männlichen Körperteil unendlich viele mehr oder weniger ordinäre Worte. In Italien sagt man

eben – wenn man nicht gerade eine echte Dame ist – ganz ordinär *cazzo!"*

Auch Karin verschluckte sich nun an ihrem Kaffee!

Als *Mamma* Piera am nächsten Tag per Zug das Weite suchte, begleiteten Silke und Karin sie zum Bahnhof, da Antonio arbeiten musste. Der Abschied gestaltete sich sehr herzlich und endete mit vielen ganz italienischen Umarmungen und einer Einladung. Silke und Karin sollten in Apulien Urlaub machen.

„Wir kommen gern und bringen Antonio mit", versprach Silke und umarmte Piera noch einmal mit besonderer Herzlichkeit. „Aber, bitte, *Mamma* Piera, kommen Sie bald wieder nach Deutschland! Wir freuen uns, wenn wir Ihnen unsere Heimat zeigen können."

*Mamma* Piera trennte sich in neuer Zufriedenheit.

Auf der langen Reise nach Apulien hatte sie genug Zeit, die wenigen deutschen Worte, die ihr in Erinnerung geblieben waren, zu üben. Vor allem eben jenes eine:

„Katze – Katze – Katze..."

Und dann lächelte sie die italienischen Mitreisenden, die ihr lange irritierte bis schockierte Blicke zuwarfen, freundlich an.

# Wie man Spaghetti bestellt – und ein Täubchen bekommt

Die Ferien waren zu Ende, und es ging wieder in Richtung Deutschland, was keinen von uns erfreute. Wir wären gern doppelt so lang geblieben in dem so gastfreundlichen Apulien.

Es war anstrengend gewesen, das Zelt abzubauen und alles im Auto passend zu verstauen, dass meine Eltern vorn bequem und meine türkische Freundin und ich halbwegs bequem auf der Rückbank die lange Fahrt überstehen konnten.

Meine Mutter hatte sich übernommen. Im Laufe der Fahrt stellte sich bei ihr eine Migräne ein, die sie zu unterdrücken suchte.

Rom hatten wir hinter uns gelassen und fuhren von der Autobahn ab in einen kleinen Ort namens Amelia, der romantisch am Berghang liegt. Gleich das erste Hotel fuhren wir an. Es war Zeit fürs Abendessen und ein bequemes Bett. Vor allem Mutti brauchte Erholung.

Es war das „*Albergo Anita*", das uns ansprach. Bis wir auf den Eingang zugingen. Da schreckte mein Vater zurück.

Vor der Tür saß die Chefin Anita auf drei Stühlen, – ja, Sie haben richtig gelesen – sie saß auf drei Stühlen, hatte eine dunkle, raue Stimme und kräftigen Bartwuchs.

„Ich brauche ein Bett!", erinnerte Mutti leise und hörbar leidend.

Also fragten wir nach Zimmern. Meine türkische Freundin Ayça, die die Ferien mit uns verbracht hatte, und ich verschwanden kichernd in den unseren und beeilten uns, rasch wieder im Speisesaal aufzukreuzen. Immer noch kichernd, wie es sich für knapp Sechzehnjährige gehörte.

Mutti war nicht mehr in der Lage, die handgeschriebene Speisekarte zu lesen, und überließ meinem Vater die Wahl der Speisen.

aus einer Erinnerungskarte von 1964

Wir Mädels verlangten vehement nach einer Pizza Margherita und verstanden nicht, dass meine Eltern unbedingt irgendetwas von diesen unlesbaren und unverständlichen Gerichten haben wollten.

„Bloß keine Vögel!", bestimmte Mutti.

„Esse ich auch nicht", erwiderte mein Vater gekränkt. Schließlich hatte er im Krieg in Italien „gedient", wie er vorwurfsvoll sagte, und dabei auch Italienisch gelernt.

„Ja, ja, *Signor Infinitivo*", lästerte ich.

„Die Hauptsache ist doch, ich kriege heraus, was auf der Karte steht!"

Klappte aber nicht. Nix verstand er! „Man kann ja auch fragen!"

Und dann entspann sich folgendes Gespräch mit der Kellnerin. Mein Herr Papa tippte auf ein Gericht: „Ist das Kikeriki?", und er krähte wie ein Hahn.

Es war schwer, ernst zu bleiben.

„*No*", erwiderte die Kellnerin.

„Ist das Gagagack?" Nun schnatterte er wie eine Ente, und wir konnten uns kaum noch beherrschen.

„No!" Die Kellnerin schüttelte unmissverständlich den Kopf.

„Mh", machte mein Vater nachdenklich. Dann begann er, mit den Armen zu schlagen, als wären sie Flügel. „Ist das so was?"

Während meine Freundin und ich in schallendes Gelächter ausbrachen – er sah einfach zu komisch aus! –, schüttelte die Kellnerin wieder heftig den Kopf, schweigend diesmal.

„*Va bene*", meinte mein Vater, immer noch misstrauisch, und hob zwei Finger. „Zweimal, aber mit Schpaghetti!"

Die Kellnerin flüchtete, als wären tausend Teufel hinter ihr her.

Endlich kam unser heiß ersehntes Essen. Die Pizza sah fantastisch aus, roch wunderbar und war eine einzige Verlockung. Die beiden Portionen für meine Eltern wirkten dagegen irgendwie düster und rochen komisch.

Mutti war völlig schockiert. „Das ist doch ein Vogel!", rief sie und schüttelte sich.

„*Si, si, Signora, un piccione, una colomba, buono!*"

„Eine Taube", flüsterte Mutti entsetzt. „Die kann ich heute nicht einmal probieren! Mein Kopf…"

Mein Vater war blass geworden. Er verschwendete nicht einen Gedanken daran, ob er das niedliche Teil, das auf einem Spaghettinest thronte, probieren wollte oder nicht.

„Das esse ich nicht!"

Die Enttäuschung über die Unwissenheit und das Unverständnis ihrer deutschen Gäste stand der Kellnerin ins Gesicht geschrieben. Mit missbilligender Miene räumte sie die Teller ab.

Chefin Anita watschelte heran und bot *una bella Spaghettata* an, die mein Vater gern annahm. Mutti dagegen verzichtete und beeilte sich, in ihr Bett zu kommen. Sie schwor später Stein und Bein, dass sie die Taube probiert hätte, hätte die Migräne sie nicht außer Gefecht gesetzt.


Das Albergo Ristorante Anita gibt es übrigens immer noch, und das Bild im Internet von Signora Anita zeigt sie viel schlanker, als ich sie in Erinnerung habe. Irgendwann fahre ich wieder hin – aber auch dann werde ich garantiert keine Taube essen!

– Zur Erinnerung an meine Mutter –

# Der Kinderdiebstahl der Zigeuner

Mein Vater fuhr in jenem Jahr allein nach Italien. Ganz allein. Und mit dem Auto.
Ich machte mir große Sorgen und wusste nicht, ob ich diese Reise gutheißen sollte. Meine Mutter war ein halbes Jahr vorher gestorben und unser aller Trauer noch lange nicht verarbeitet.
Mein Vater sah in dieser Reise ein Stück Trauerarbeit, wollte er doch all die Orte aufsuchen, die er mit Mutti gesehen hatte. Und außerdem warteten „unten" unsere Freunde.
Viel später machte ich es ähnlich, wenn auch unter anderen Voraussetzungen.
Es war noch vor Saisonbeginn. *Signor* Ferdi war für eine ganze Weile der liebevoll umsorgte einzige Gast im Hotel Eden Park. Man kannte ihn, so wie man meine Mutter, meine Tochter und auch mich kannte nach all den vielen Urlauben.

Sieben Kellner, ein Oberkellner, der ein wenig Deutsch sprach, und natürlich der Piccolo bemühten sich um ihren einzigen Gast. Sie gaben ihm den besten Platz im großen Speisesaal: in der Mitte. Und selbstverständlich beobachteten sie ihn genau von ihrem Platz an der Wand aus, an der sie aufgereiht standen, damit ihnen nichts entging, sollte *Signor* Ferdi auch nur das Geringste fehlen.

Auf gut Deutsch gesagt, sie sahen ihm jeden Bissen in den Mund. Kaum hatte er das Besteck aus der Hand gelegt, wechselte einer der Kellner bereits den Teller, während *Signor* Ferdi noch hastig am letzten Bissen schluckte.

Nach einer Weile trafen neue Gäste ein, und *Signor* Ferdi stand nicht mehr allein unter Beobachtung, was ihm vieles erleichterte.

Es war ein Ehepaar in mittleren Jahren, das den einzelnen Herrn höflich grüßte und mehr als neugierig betrachtete. Lange dauerte es nicht, bis der Mann, ein Obstbauer, wie sich bald herausstellte, in unverfälschtem Pfälzer Dialekt fragte: „Sin Sie e Deitsche?"

„Nadirlich", erwiderte mein Vater in gleichem Ton in seiner Heimatsprache, dem Kreiznacher oder Hochdeutsch: Kreuznacher, was dem Pfälzer doch mehr als nur sehr ähnlich ist.

Das war's erst mal.

Im Speisesaal fielen die beiden Neuen besonders dadurch auf, dass sie an allem herummäkelten und sich weigerten, das herrliche Obst zu essen.

„Des hommer selbscht daheem", erklärte der Obstbauer aus der Pfalz.

*Signor* Ferdi amüsierte sich über das sich täglich wiederholende Spiel und schwieg dazu. Einzig verständnisinnige Blicke wanderten ab und an zum Oberkellner.

Bis sich das Obstbäuerlein ein paar Tage später an meinen Vater wandte.

„Ei, Sie spresche doch Italijenisch", setzte er an, hochrot vor Aufregung. „Könne Se mir helfe?"

Das wollte mein Vater „nadierlich" gern versuchen. Nach einigem Hin und Her erfuhr er, dass der Pfälzer Ärger mit der Hotelleitung hatte, weil er sich weigerte, den *Coperto* zu bezahlen, der täglich auf seiner Rechnung stand.

„Ich hon noch nie *Coperto* gess", erklärte der Mann empört.

„Ich ach net", erwiderte *Signor* Ferdi trocken.

„Müsse Sie zahle?"

Mein Herr Papa nickte bedauernd. Es war nicht einfach, dem Pfälzer zu erklären, dass der *Coperto* der Gedeckpreis war. Dafür gab es halt schöne Servietten und vor allem das Brot, das der Obstbauer in riesigen Mengen in sich hineinstopfte, „weil's ja nix kost'".

„E teier Vergniesche", stellte er nun fest. „Des gibt's net bei uns daheem!"

Mein Vater verzichtete darauf, ihm zu erklären, dass der gute Mann „daheem" auch seinen *Coperto* bezahlte. Nur ist er in unserem Land durch Mischkalkulation bereits im Preis der einzelnen Gerichte enthalten. Ein teures Vergnügen, nicht wahr?

Am Wochenende kam Angelo mit Familie. Unsere Freunde aus Bari kümmerten sich liebevoll um meinen Vater und trauerten mit ihm um meine Mutter. Die gemeinsame Erinnerung schenkte ihnen Trost.

Der Pfälzer schlich um die Besucher herum, als man im Foyer saß. Er konnte gar nicht genug mitbekommen in seiner Neugier und verstand doch kein Wort.

Später ergab sich dann folgendes Gespräch zwischen ihm und meinem Vater:

„Des war doch e Italijener?"

*Signor* Ferdi nickte schweigend.

154

„Warum spresche Se denn immer Italijenisch?"

„Ei, weil die mich sunscht net verstehe!"

Der Pfälzer schüttelte verständnislos den Kopf. Nach einer kleinen Denkpause setzte er fordernd nach: „Was is denn des for eener?"

„Des is mei Bruder", erwiderte mein Vater prompt und musste innerlich lachen. Angelo und er hatten sich immer als Brüder bezeichnet, weil sie sich so nahe waren. Aber das konnte der Obstbauer natürlich nicht ahnen. Und, ehrlich gesagt, ein bisschen ähnlich sahen sie sich auch.

„Uch, des is aber komisch! Warum spresche Sie mit dem net Deitsch?"

„Ei, weil der kei Deitsch kann!"

Verständnislos starrte der Pfälzer meinen Vater an. „Ja, aber wenn des doch Ihr Bruder is..."

Mein Vater hatte die Nase voll und wollte den Mann nur noch loswerden. Deshalb erklärte er dunkel: „Uch, des is e ganz lang Geschischt'!"

Doch was so ein Obstbauer aus der Pfalz ist, der hat ein ganz besonderes Stehvermögen. Und außerdem hatte er Urlaub und alle Zeit der Welt. Weshalb meinem Vater gar nichts anderes übrigblieb, als seine Phantasie spielen zu lassen, und davon hatte er ja reichlich...

Und so erzählte er „seine" Geschichte:

Noch im süßen Alter von fünf Jahren – Angelo war damals gerade mal drei – lebte mein Vater friedlich bei seiner geliebten Familie im schönen Italien. Doch eines Tages kam eine Gruppe Zigeuner ins Dorf und raubte den hübschen Bengel. Durch Österreich, die Tschechoslowakei und Ungarn verschleppten sie den Jungen nach Deutschland, wo er bei einer reizenden Familie aufwuchs, jedoch die Sehnsucht nach der alten Heimat und dem verlorenen Bruder stets im Herzen trug.

Vor elf Jahren – man bedenke: die Narrenzahl Elf! – traf mein Vater zufällig den so lange und schmerzlich vermissten

Bruder wieder. Ja, der Zufall, der berühmte, hatte ihm bei seiner Suche beigestanden. Seit dieser Zeit hat man sich nicht mehr aus den Augen verloren und traf sich nun regelmäßig.

Die Frau des Obstbauern wischte sich mühsam die Tränen aus den Augen und klopfte meinem Vater liebevoll und mitfühlend, ja, fast zärtlich auf die Schulter. „Was e Schicksal! Was e Schicksal!", rief sie ein ums andere Mal, und ihr Gatte, sprachlos ob des Gehörten, nickte beifällig.

„Da müsse Se aber schee zesammehalle", riet die tief bewegte Frau und zog sich mit ihrem Mann unter weiterem Schicksalsgemurmel zurück.

Ein paar Meter entfernt hatte der Oberkellner die Geschichte halbwegs mitbekommen. Nur mit Mühe hatte er sich ein Lachen verkniffen. „Was haben Sie da von den Zigeunern erzählt?", fragte er seinen Lieblingsgast nun.

Lachend gestand mein Vater ihm die Wahrheit. Und innerhalb einer Stunde lachte das gesamte Hotelpersonal über die abenteuerliche Geschichte.

Abends fand mein Vater in seinem Zimmer eine Flasche Sambuca vor. Ein Kärtchen lag dabei. „Selten so gelacht. Der Hoteldirektor", stand darauf.

In den nächsten Tagen kamen neue Gäste, und alle erfuhren schon bald vom Schicksal des Entführten. Wenn *Signor* Ferdi den Speisesaal betrat, wurde er entweder mit Mitleidsbezeugungen oder mit fröhlichem Lachen empfangen, je nach der „Glaubensstufe" der anwesenden Gäste. Der Pälzer Äppelbauer behandelte ihn und auch „Bruder" Angelo von Stund' an mit besonderem Respekt.

Als das Ehepaar ein paar Tage später abreiste, war mein Vater froh, dass er den sehnlichen Wunsch des mitfühlenden Pfälzers nicht erfüllt und ihm nicht seine Adresse gegeben hatte. „E Kischt Äppel" hatte er doch dem armen Entführten schicken wollen!

Weiß der Himmel, was der gute Mann beim Stammtisch „daheem" vom Schicksal und der schicksalhaften Begegnung erzählte!

Für meinen Vater war die Geschichte damit noch nicht zu Ende. Er war sich ganz sicher, dass das gesamte Personal Bescheid wusste und ihn nicht für ein geraubtes Italienerkind hielt. Man versorgte ihn weiterhin fröhlich bis zutraulich und bemühte sich, ihm den Aufenthalt so angenehm wie möglich zu machen.

Er konnte nicht ahnen, dass der Oberkellner dem Piccolo das herrlich unterhaltsame Schauermärchen als wahre dramatische Lebensgeschichte des deutschen Gastes verkauft hatte.

An *Signor* Ferdis Abreisetag bedankte sich der junge Mann überschwänglich für das großzügige Trinkgeld, verabschiedete sich besonders höflich und fragte – wohl in der Hoffnung auf weiteren Geldsegen: „Kommt am Sonntag Ihr Bruder wieder her?"

Mein Vater hatte große Mühe, dem Piccolo die Wahrheit zu erklären. Der nickte zwar brav zu allem, glaubte *Signor* Ferdi jedoch kein Wort. Seine Wahrheit kannte er ja bereits vom Oberkellner, und der hatte nun mal das Sagen im Haus.

*Signor* Ferdi legte halt noch ein paar tausend Lire Trinkgeld drauf und fuhr seufzend in Richtung Heimat. Den Ruf des von Zigeunern geklauten Italienerjungen wurde er auch in den nächsten Jahren nicht mehr los.

Schade, dass Mutti die Geschichte nicht mehr miterleben konnte! Sie hätte herzlich gelacht.

# Weil ich hier zu Hause bin ...

Zuhause zu sein, das bedeutet für mich, mich so wohl zu fühlen, dass ich bereit bin, mein Leben mit den Menschen meiner Umgebung und mit allen positiven wie negativen Aspekten des Daseins zu teilen.

Zu Hause sein zu dürfen, das ist ein Geschenk, aber auch eine Verpflichtung, eine soziale Verantwortung für das, was um mich herum geschieht.

Zu Hause zu sein, das ist nicht der Urlaub von einst, viel zu kurz natürlich, das ausschließliche Genießen aller herrlichen Urlaubserlebnisse. Dieses neue Gefühl ist so anders und so lebenswert, ein völlig neues Genießen – so herrlich endlos – in einem neuen Alltag des miteinander Lebens.

Ja, ich bin angekommen in meinem Stückchen Italien, in meinem kleinen erträumten Paradies. In all den Jahren habe ich unendlich viele Veränderungen erlebt, gute und weniger gute. Und es wird sicher sowohl von den einen als auch von den anderen noch viele weitere geben. Denn so ist nun mal das Leben, dieses veränderlichste aller Dinge.

Pulsano, der einst so verschlafene, verstaubte kleine Ort, war nach den ersten fetten Jahren so leer geworden, überaltert. Lange Zeit hatte ich nur wenige Leute gesehen. Pulsano verlor den Kampf gegen Wind, Wetter und Zeit und verfiel.

Der Zeitpunkt der Wende, der neuerlichen Veränderung, jenen Schritt in die Zukunft – ich kann ihn nicht nennen. Irgendwann stellte ich fest, dass es wieder viel mehr Kinder gab, süße, fröhliche, wilde, tobende, spielende, lachende Kinder. Na, und wo so viele Kinder waren, da gab es natürlich auch die dazugehörigen Familien. Und Häuser, Wohnungen, Geschäfte, neue Lebendigkeit...

Pulsano veränderte sein Bild erneut, wurde größer und wieder belebter. So viele Häuser wurden in den letzten Jahren restauriert, renoviert, vergrößert, verschönert, neu gebaut oder abgerissen und wieder aufgebaut! Und wie oft habe ich mir in dieser Zeit eine Wohnung mit Dachgarten ersehnt, von dem aus ich all diese Veränderungen und Erneuerungen beobachten und miterleben kann! Vielleicht sogar mit Blick bis zu meinem Meer...

Pulsano

Dass ich mich hier zu Hause fühle, erkenne ich auch daran, dass ich mehr über das tägliche und das kulturelle Leben wissen und daran teilnehmen möchte, dass ich beginne, die schönen Seiten dieses neuen Lebens in besonderer Weise zu genießen und an den weniger schönen zu arbeiten und Lösungen zu suchen. Ich liebe die Begegnungen mit den Menschen, den Bekannten, den Freunden. Ich laufe nicht davon, wenn es schwierig wird.

Einen großen Teil meines Lebens lebe ich hier – hier in Pulsano, das längst zu einer Art Schlafstadt für „mein" Taranto geworden ist.

Zu Hause sein, das heißt, mit Leib und Seele hier zu leben, zu lachen, zu weinen, zu leiden, zu kämpfen und – zu leben.

Zu Hause sein, das heißt, sich geborgen zu fühlen, sich mit sich und dem Leben im Einklang zu befinden, glücklich zu sein.

Taranto

Ich bin hier glücklich.

Italien, Apulien, Taranto – ja, ich bin angekommen in meiner Heimat Zwei...

Liebe Leserinnen und Leser,

sicher haben Sie bei Ihren Italienreisen viele Erinnerungen sammeln können.
Ich freue mich, wenn Sie mich an Ihren Erlebnissen teilhaben lassen wollen.
Schreiben Sie mir! Ich antworte auf jede Zuschrift.
Versprochen.

Liebe Grüße und cari saluti

Dorothee Klein

maremio@web.de
https://www.facebook.com/?ref=home
Dorothees Geschichten

# Danke

Meinem Mann, Wolfgang Willers, für seine Unterstützung, seine Geduld, sein Verständnis und seine liebevolle Aufmunterung zu danken, ist nicht einfach. Es gibt dafür keine Worte.

Tesoro mio, ohne dich wäre ich nie so weit gekommen, hätte weder Mut noch Geduld gehabt. Danke von Herzen.

Ein besonderes Dankeschön gilt Nick Zappe für seine Beratung und Unterstützung in Sachen Fotos und Covergestaltung.

Freundschaft ist…

Danke.
Dorothee

# Inhaltsverzeichnis

Meine Liebeserklärung an meine Heimat Zwei in Italieni-
scher Sprache finden Sie ebenfalls bei BOD:

ISBN 9783732230013
www.bod.de € 10,80

*Profumo di sole e mare* – il ricordo delle vacanze, della
spiaggia, del vino accompagna il lettore del libro.
Sono racconti di vita quotidiana italiana ed esperienze tu-
ristiche come avvengono solo nel Bel Paese.
Sono i volti della gente che affascinano, che raccontano di
sé e della loro esistenza, volti segnati dalle linee della vita,
come i vecchi alberi:

*Alto e possente, rugoso e nodoso,*
*spaccato e incurvato* ...

Dorothee Klein ha anche ritratto nel suo tipico stile, con i
colori delle parole, le esperienze dei viaggiatori. Ogni pa-
rola esprime l'amore dell'autrice per l'Italia, per la Puglia
e la sua gente.

Bei BOD gibt es weitere Bücher von Dorothee Klein

ISBN 9783732230297
www.bod.de  € 11,80

Nina Wenzel ist tot. Ermordet. Von ihrem eigenen Mann.

Aber wie kam es dazu? Weshalb musste sie sterben. Sie war doch noch so jung! Gerade mal 19 Jahre alt.
Aus der Sicht ihrer Freundin Katja erzählt dieser Roman die Lebens- und Leidensgeschichte eines jungen Mädchens, das allzu schnell aus seinen Träumen von Liebe und Glück herausgerissen wurde. Zwei Freundinnen – verbunden durch ein grausames Schicksal. Ein Mord hat eben nicht nur ein Opfer.

Hätte man Nenès Tod nicht doch verhindern können?

Dorothee Klein hat erschütternde Worte gefunden für eine Geschichte, die vor über vierzig Jahren geschehen ist, Worte, die den Leser unvorbereitet treffen und berühren.

Im Mai 2024 erschien bei BOD das neue Buch der Autorin

**Dorothee Klein**

*In Italien stirbt man anders*

Ernst-komische Geschichten und liebevolle
Gedichte, Erinnerungen und Trostworte
um ein sehr menschliches Thema

ISBN 9783758331022
www.bod.de  € 8,90

Leid und Weh fühlen sich überall auf der Welt gleich an,
und im Schmerz und in der Trauer sind sich die Menschen
sehr ähnlich. Aber da sie doch sehr verschieden sind, erleben sie die dunklen Zeiten in ihrem Leben sehr unter-
schiedlich
Stirbt man in Italien anders? Nein, natürlich nicht. Die
Menschen gehen nur anders mit dem Tod um, als wir es
möglicherweise gewöhnt sind. Der Tod wird nicht wegge-
schoben, totgeschwiegen, bis er eintritt und verzweifeln
lässt. Er ist der Begleiter an allen Tagen unseres Lebens,
hat doch der Abschied schon mit unserer Geburt begonnen. Das Ende ist offen…
Lasst uns das Leben feiern!